KB090217

달려라, 소년 물장수

달려라, 소년 물장수

박윤우 지음

팀

차례

1

경성으로

창식은 짐을 싸면서 어머니 유품인 면경과 반짇고리를 버렸다. 어머니가 돌아가셨을 때 어른들 몰래 감춰 두었던 물건이었다. 버려야 떠날 수 있을 것 같았다. 이제 경성에 가면 앞날만 생각할 것이다. 서리에서 소학교를 마친 창식은 먼 곳으로 나가본 적이 없었다. 큰집 머슴 소길은 서리에서 북청읍, 그리고 경성까지 이어지는 창식의 머나먼 길을 걱정해 주었다. 걸어서 한 시간 넘게 걸리는 북청읍에 가서 기차를 타고 원산까지 간 다음, 경성행 기차로 갈아타고 한참을 가야 하는 멀고 험한 길인 것이다.

창식은 소여물을 끓이던 사랑 아궁이 앞에 나와 앉아

생각에 빠졌다. 마당을 쓸던 소길이 말없이 다가와 창식에게 꿩털 귀마개를 내밀었다. 창식을 위해 없는 시간을 쪼개 만든 것이었다.

"객지에 나가믄 고생이라는데 이제 갓 열두 살 어린 도련님이 오시랍소+. 이거 꼭 하고 다니오. 알았습둥?"

"고마워, 성도 잘 지내. 착한 색시 만나 얼른 장가가구."

고생길이라 해도 창식은 홀가분하게 갈 수 있었다. 오랫동안 기다려 온 날이었기 때문이다.

소길을 도와 아궁이 맞은편 구석에 땔나무를 정리하는데 마당에 앉아 있던 누렁이가 창식 곁으로 와서 꼬리를 훼훼 흔들었다. 그제서야 큰집의 모든 것들과 헤어진다는 사실이 실감 났다. 집 안의 모든 것이 조금씩 낯설어지기 시작했다.

"이번에 가믄 언제나 올까……."

창식이 마당을 둘러보며 중얼거렸다. 아쉬운 마음은 들지 않았다. 큰집 밥을 얻어 먹으며 머슴처럼 살다 죽을 수는 없었다.

+ 애처롭소. 함경도 사투리.

새벽 일찍부터 부산스럽게 움직인 할머니는 소여물을 주고 창식한테 다가왔다. 표정이 밝아 보였다. 앓던 이 같은 걱정거리 둘째 아들 회영이 경성에서 직장을 얻어서, 손자 창식이 드디어 아버지 곁으로 가 못 다한 공부를 하게 되었기 때문이었다.

"어린 것이 혼자 어찌 가겠음둥? 아바이라고 아를 데리러 올 생각은 못 하고서리, 쯧."

"할마이, 걱정 말라요. 정신 똑바로 차리믄 혼자라도 시모노세키는 못 가갔나요? 찾아갈 수 있시오."

"이그 내 새끼. 에미가 살았음 을마나 이뻐했갔. 여게 생각은 말고 부지런히 공부하라우."

기차를 갈아타는 원산까지 육촌 아저씨가 동행하려고 와 있었다. 원산에서 공장에 다니는 아저씨는 지난해 원산 총파업에 참가했었다고 한다. 잠시 고향에 돌아와 쉬다가 공장에 돌아가는 길이었다. 아저씨는 늘 총파업 이야기를 했다. 원산에 있는 여러 공장들이 최저임금제와 임금 인상 등을 외치며 파업을 시작했는데 차차 원산 전체를 휩쓰는 큰 시위로 이어졌다고 했다. 총파업이 길어지자 경찰이 무력과 이간질로 탄압하여 끝내 이기지는 못했지만 밀린 월급을 파업으로 받아 냈다며 자랑스러워했다.

"원산 인구의 삼분의 일이 길거리로 나섰다니 대단했나 보구나야."

"공장일이 농사보다 훨 낫다더니 월급도 못 받고 일했단 말임?"

아저씨의 말을 듣던 사람들은 저마다 평을 하곤 했다. 하지만 어떤 평도 아저씨의 자랑스러움에 흠을 내지 못했다.

창식의 짐을 꾸리던 할머니가 얻어 탈 마차라도 있는가 말을 꺼내자 아저씨는 특유의 북청 기질을 드러냈다.

"걷지, 그깟 델 무스그 얻어 탈 생각임둥?"

퉁바리를 주었다. 북청 사람들은 남에게 아쉬운 소리하는 걸 제일 싫어했다. 웬만한 거리는 걸었고 스스로 살아내려고 억척같이 일했다. 할머니는 아저씨와 창식이 기차 안에서 먹을 주먹밥 몇 덩이와 조롱박 물통을 싸 주었다. 걷다가 힘들면 잠깐 쉬고 배가 고프면 깨소금을 뿌린 주먹밥을 씹어 삼키라 했다.

"창식아, 이번에 가면 당분간은 못 보갔구나야."

"학교 졸업하믄 돌아올기야요, 할마이."

"고롬고롬. 여기 오믄 군수 자리 하나 맡아야디."

깜깜한 새벽에 길을 나서서 서리까지 가는 동안 큰 우물 두 개를 만났다. 샘이 깊고 맛이 좋은 물이었다. 찬 기운 속에서 달착지근한 맛이 느껴졌다. 마을 우물들과는 달리 모두 양철 지붕이 덮여 있었다. 지난해에는 잠잠하더니, 호열자✦가 또 극성이라 우물에 지붕을 덮어 병을 막는다는 것이다. 아예 우물을 폐쇄하는 곳도 있었다. 호열자는 무서운 돌림병으로, 걸렸다 하면 토하고 설사하기를 반복하며 크게 앓았다. 그러다 끝내 죽는 이들도 많았다.

일본에서 들여 왔다는 양철은 어둠 속에서도 차고 날카로운 빛을 내뿜었다.

"하여튼 왜놈들은 손대는 것마다 다 망쳐 놓는다이. 제멋대로 양철을 씌워 물맛도 다 버려 놨단다. 원산에서도……"

실 만드는 제사 공장에 다닌다는 아저씨는 원산 총파업 때 방직공들이 얼마나 용감했는지 또 침을 튀기며 이야기해 주었다. 창식은 노동자니 파업이니 하는 말이 먼 나라

✦ 호열자: 콜레라. 급성 감염병으로 심한 구토와 설사, 근육 경련을 일으킨다. 사망률이 높다.

이야기만 같았다.

“근데 왜놈들이 사장들 편을 들어 우리가 어찌나 애를 먹었누. 신간회도 활약이 대단했지. 내 밀린 월급을 어떻게 다 받아 냈는지 말했던가?”

창식은 예, 예 하며 장단을 맞춰 주는 수밖에 없었다.

“그래, 회영이 직장은 어디로 정했다든?”

창식은 당숙 입에서 나오는 아버지의 이름이 낯설었다. 오랜만에 들은 터라 꼭 남의 이름 같았다.

“잘은 몰라요. 신문사라고 했는데…….”

“일본 유학생이었는데 오죽 좋은 직장이겠냐? 창식아, 네 어마이 죽고 애비도 저렇게 안 풀려 할마이가 매일 끌탕을 했다.”

“제가 가서 잘할 기야요.”

몇 년 동안 창식도 아버지가 직장 구했다는 소식이 오기를 눈 빠지게 기다리고 있었다. 친구들이 중학교에 가는 동안 큰아버지는 창식에게 나무를 해 오라거나 논의 낟가리를 지키라고 했다. 허드렛일을 시키며 머슴만큼 부려 먹었다. 소학교를 졸업시켰으니 더 배울 필요가 없다는 것이었다.

창식은 틈이 날 때마다 아버지에게 편지를 띄웠다.

'아버지, 언제 저를 데려가시나요. 경성에 꼭 가고 싶어요. 학교에 다니고 싶어요. 아버지 소식만을 학수고대하고 있사옵니다. 창식 올림.'

가족들은 아버지에게 크게 실망했었다. 알짜배기 전답과 황소를 두 마리나 팔아 내지✦까지 유학을 보냈지만 아버지는 집안을 일으키기는커녕 제 앞가림도 못 하고 있던 터였다. 그런데 유학을 마치고 경성에 간 지 6년 만에 드디어 아버지가 취직 소식을 전한 것이다. 이제야 다들 한시름 놓았다. 그렇지만 창식이 경성에서 자리를 잡는 것은 또 다른 문제였다. 경성은 죄다 일본 놈들 세상이라던데 약삭빠른 아이들 틈에서 심성 바르고 우직한 창식이 견딜 수 있을 것인지 집안 어른들은 걱정했다. 그래도 창식은 어서 경성에 가고만 싶었다.

원산역에서 경성행 기차에 오르면서 창식은 아저씨의

✦ 내지: 식민지의 본국을 이루는 말. 일제 강점기에는 일본 본토를 가리키는 말이었다.

손을 처음 잡아보았다. 기계에 끼어 오른손 검지 한 마디가 떨어진 뭉툭한 손이었다. 퉁명스런 말투와는 달리 따뜻한 온기가 전해져 왔다.

"창식이, 또 만나자우!"

원산역 승강장을 빠져나가는 아저씨의 뒷모습에 창식은 고향의 앞동산 산등성이를 날아 남쪽으로 가던 철새 떼를 떠올렸다. 새 떼들의 아찔한 비행이 자신의 일이 되어버렸다.

원산과 서울을 오가는 경원선 좌석은 서로 마주 보게 되어 있었다. 앞자리에 앉은 갓 쓴 노인들은 고종 황제 승하가 암살이네 아니네 언쟁을 벌였다. 나라님은 독살되었고, 궁궐은 동물원이 되었고, 우물은 차디찬 양철을 뒤집어쓰게 되었다고 했다. 왜놈들이 조선 팔도를 들었다 놨다 한다며 진짜인지 아닌지 모를 이야기로 노인들의 목소리는 점점 높아졌다. 그러나 검표원이 표 검사하러 오자 기차 칸은 바로 쥐 죽은 듯 고요해졌다.

창식은 몰려드는 피곤에 녹지근해져서 잠 속으로 오락가락하기를 반복했다. 차창 밖 추수를 마친 논밭에는 아직 낟가리가 서 있었다. 지심을 키우려고 볏짚을 덮어 놓은 곳도 보였다. 1930년도 다 지났다. 고향에 있었다면 쥐불을 놓고 퇴비를 뿌리는 일들을 했을 것이다. 보자기를 풀어 할머니가 싸준 주먹밥을 몇 개 집어 먹고 차창 밖을 보니 오후 햇살이 서쪽으로 넘어가고 있었다.

창식은 창문에 비친 자신의 얼굴을 바라보았다. 크고 부리부리한 황소눈이 싱글벙글 웃고 있었다. 입김을 내뱉고 손가락으로 '경성'이라는 글씨를 써보았다. 경성! 이제 짓을 내릴 시간이 된 것 같았다.

경성이 세 정거장 남았다는 방송이 나왔다. 갓 쓴 노인들도 짐을 챙기며 기지개를 켰다. 하루를 꼬박 기차 안에서 보낸 것이다. 창식은 아버지가 보낸 편지와 사진을 꼭 쥐고 저녁 6시 도착 열차가 맞는지 몇 번이나 확인했다. 북청 어른들께 인사를 하고 미리 출입구 쪽으로 향했다. 내릴 시간을 놓쳐 다음 정거장까지 갈까 봐 걱정이 되었다.

경원선 기차가 경성역으로 들어섰다. 창식은 벗어 놓았던 꿩 털 귀마개를 다시 썼다. 함께 나뭇짐을 지고 산에서 내려오곤 했던 소길과의 하루가 보들보들하고 따뜻하게 살아나는 것 같았다.

드디어 아버지와 약속했던 6시가 되었다.

창식이 역 플랫폼으로 들어서자 어둑해진 하늘에 수은등이 딸깍딸깍 소리를 내며 차례차례 켜졌다. 광장 쪽이 환해지고 사람들 모습이 선명하게 눈에 들어왔다. 역 광장을 지나던 경성부민들이 시계탑을 흘끔 올려다보며 바삐 지나가고 있었다.

창식은 안주머니에서 아버지의 사진을 다시 꺼내 보았다. 아버지와 함께 살아본 기억이 없으므로 못 알아볼 수도 있었다. 창식은 불안하고 초조한 마음으로 주위를 두리번거렸다. 마주보며 인사를 나누는 사람들과 손을 잡아끌며 전차를 타러 가는 가족들이 곳곳에 보였다.

그때, 자신처럼 두리번거리는 어떤 이와 서로 눈이 마주쳤다.

'저분이……?'

쌍꺼풀진 황소눈. 사진 속에서 카메라 렌즈를 또렷하게 바라보던 큰 눈망울이었다. 그분도 자신과 닮은 창식의 눈매를 바라보며 창식 쪽으로 걸어왔다. 지치고 충혈된 눈이 중절모 그늘 아래서 흔들리고 있었다. 아버지였다.

창식의 어머니가 돌아가셨을 때, 상을 치르러 고향에 돌아왔던 아버지는 키도 크고 덩치도 큰 사람이었다. 창식은 아버지의 검은 망토와 교모를 기억하고 있었다.

주위 친지들로부터 아버지가 얼마나 대단한 사람이었는지 넘치게 들어 왔던 터라 창식은 얼른 부르질 못하고 아버지 앞에 우뚝 멈춰 있었다.

"창……, 창식아!"

창식은 귀마개를 빼고 중절모 속의 신사를 마주 보았다. 그러고 얼른 아버지 사진을 내보였다.

"무고하셨디요?"

"고럼고럼. 마이 컸다, 내 새끼!"

어머니를 잃고 처음 만나는 아버지였다. 아버지의 손이 등에 닿자 울컥하는 감정이 먼저 올라왔다. 아버지는 양복을 걸치고 있었으나 옷에 군데군데 좀이 슬어 내의가 비치는 추레한 모습이었다. 게다가 바짝 마르고 등이 굽어 열두 살인 창식보다 겨우 한 뼘 커 보일 정도였다.

"배고프갔다, 잉. 얼른 설렁탕 국밥집으로 가자우."

아버지는 창식의 등짐을 나눠지고 앞장섰다. 역 광장을 벗어나자 딸랑딸랑 전차 소리가 들렸다. 창식은 넋을 잃고

도로 한복판에 멈춰 버리고 말았다. 아버지는 도로를 건너다 말고 얼른 돌아와 창식의 손목을 잡아끌었다. 전차가 느려 보여도 이렇게 넋을 놓고 있다간 다리를 잃게 된다는 말로 겁을 주었다.

창식은 전차 뿐 아니라 도로를 뒤덮고 있는 작은 차들과 인력거, 우마차들이 모두 신기하기만 했다. 여러 소리들 속에서 한 남자아이의 목소리가 또렷이 들려왔다.

"대달(배달)! 대달이요!"

휘파람 소리 같기도 하고 일본말 같기도 했다. 사람들 사이를 요리조리 피하며 외치는 소리였다. 창식은 두리번거리며 목소리의 주인을 찾았다.

귀가 새빨갛게 언 창식 또래의 소년이었다. 짧은 머리에 양말도 없이 검붉게 얼어 버린 발로 자전거 페달을 밟으며 한 손에는 주전자를 들고 한 손으로 운전대를 잡은 채 펄펄 날아다니고 있었다. 토끼처럼 갈라진 입술✦을 가진 소년이었다.

✦ 구순 구개열: 입술입천장갈림. 태어나면서부터 윗입술이 갈라져 있는 기형. '입술갈림증', '토순'이라고도 한다. 500명 중 한 명꼴로 발생한다.

2

촌닭과 촌닭

"야, 자식아. 따리 디켜(빨리 비켜)."

얼이 빠져 있던 창식은 놀라 얼른 옆으로 비껴났다. 자전거가 멈추었다. 창식과 부딪힌 아주머니가 에구머니 하고 소리를 질렀다.

"따리? 디켜?"

창식이 자전거 소년에게 물었다.

창식의 물음에 소년은 자전거에서 내리지도 않은 채 말했다.

"어, 이거 어디 촌닭이냐? 간드스 왔나?"

간도서 왔냐고 묻는 걸 알아듣고 창식이 대답했다.

"간도가 아니라 북청서 왔다. 어디가 촌닭이네?"

"거게가 다 촌 아니냐?"

소년은 혀를 낼름 내밀고 창식 앞을 지나가 버렸다. 차림은 허술했지만 살랑 웃는 눈이 친근해 보였다. 아버지가 저만치 앞에서 어서 오라고 손짓했다.

아버지와 창식이 들어간 곳은 설렁탕집이었다. 고소한 국물 냄새가 가게에 가득했다. 배달꾼 두셋이 바삐 움직이고 있었지만 가게 안은 텅 비었다. 손님이 없는 게 이상했다. '배달합니다'라는 붉은 글씨만 깃발 속에서 펄렁거리고 있었다.

"아버지, 냄새는 이렇게 구수하고 좋은데 손님은 별로 없습다."

"백정들 음식이라고 다 배달을 시켜 먹는다는구나. 난 배가 불러 못 먹갔으니 한 그릇만 시키라."

뜨끈한 설렁탕 한 그릇이 금방 나왔으나 호주머니를 뒤지는 아버지를 보면서 창식은 수저를 들지 못했다.

"두 그릇으로 나눌까요?"

"아니다. 난 잠깐 나갔다 오마."

"……."

아버지는 얼른 한 그릇 값만 치르고 밖으로 나갔다. 허기진 창식은 아버지가 가게 문을 나서자마자 바삐 수저를 움직였다. 고소하고 뜨거운 국물에 혀와 입천장이 데이는 줄도 몰랐다. 정신없이 국물을 비운 후에야 민망해서 주위를 둘러보았다. 여전히 가게 안은 텅 비어 있었다. 배달꾼 둘이 창식 곁을 지나 번갈아 주방을 드나들 뿐이었다.

"얘, 늬 아버지 저 밖에 서 계시네. 나가 봐."

식탁을 치우던 주인아주머니가 멀뚱히 앉아 트림을 하고 있는 창식을 불렀다. 아버지는 가게 앞에서 꽁초 담배를 피우고 있었다. 댓돌 위에 아무렇게나 앉아 담배꽁초를 빨고 있는 모습이 초라하기 짝이 없었다.

'왠지 아버지 일이 제대로 안 풀린 것 같다.'

아버지를 따라 청계천 둑길을 걸으면서 창식은 표정이 점점 어두워졌다. 사람들은 아무렇지도 않게 창식의 어깨를 툭툭 치며 바삐 걸어갔다. 경성은 정신을 똑바로 안 차리면 코를 베어가는 곳이라더니, 모든 사람들이 꽁무니에 불을 단 듯 뛰어다니는 것 같았다. 그 사이 짐 자전거를 바삐 몰고 가는 소년의 뒷모습을 또다시 보게 되었다. 배달일을 하는 아이 같은데 자전거를 몸의 한 부분인 것처럼 능숙하게 다루었다. '배달이요!'를 외치며 동에 번쩍 서에 번쩍 다니는 걸 보니 일이 많이 밀려 있는 것 같았다.

개천변을 한동안 걷고서야 아버지가 살고 있는 집에 도착했다. 허름한 초가집이었다. 북청 큰집에 비하면 초라하기 짝이 없는 곳이었다. 경성 한복판에도 이렇게 납작 엎드린 초가들이 있다는 게 믿어지지 않았다.

나무 쪽문을 삐꺽 열자 마당에 웅크리고 있던 어린 개가 캉캉 짖었다. 주둥이가 거뭇한 게 북청 큰집의 누렁이와 닮아 반가웠다. 창식은 얼른 달려가 쭈쭈거리며 개를 달랬다. 아버지는 앞서서 방으로 들어갔다. 삭막한 도시에서 살갑게 구는 동물을 만나니 낯설었던 곳이 단숨에 친근해지는 느낌이었다. 개는 창식의 손을 핥아 대며 꼬리를 계속 흔들었다.

"행랑채 안 씨 아들이구먼? 그치?"

안채에서 나이 지긋한 아주머니가 나와 반겼다.

"예, 아주마이. 안창식입니다. 신세 많이 끼치겠습니다."

"호호, 어른처럼 말하는구나. 그놈 참."

주인아주머니가 새 장작이 들어 있는 뜨거운 놋화로를

하나 내줬다. 따뜻한 불길이 활활 타오르고 있었다.

"경성엔 우물이 안 보이누만요?"

"호열자 때문에 경성에 있는 우물 절반은 다 메꿔 버렸어. 물장수들한테 물을 사 먹는 게 제일 안전해."

"물을 사 먹다니요?"

"그것도 돈 좀 있는 사람들이나 사 먹지 돈 없는 치들은 그냥 청계천 물을 길어다 먹어. 느이 아버진 후미코가 카페에서 갖다 주니 물 걱정은 없어."

'후미코라고? 일본 이름인데, 아버지가 내지인 여자랑 연애를 하고 있는 건가?'

창식은 혼란스러워서 아주머니에게 물었다.

"그게 누구예요?"

아주머니는 깜짝 놀란 표정이 되어 아차차 소릴 내며 입을 가렸다. 창식이 더 물으려 했으나 아주머니는 화로를 안겨 주고는 안채로 쏙 들어가 버리고 말았다.

아버지가 살고 있는 행랑방은 살림이 거의 없는 단출한 거처였다. 책상 위에는 원고 뭉치가 가지런히 쌓여 있었다. 창식은 소학교에 다닐 때 원고지를 구경한 적이 있었지만 이렇게 많은 양의 원고는 처음 보았다. 방을 보면 주인을 알 수 있다는데 아버지의 방 어디에도 먹을 양식은 없는 것 같았다. 화롯가로 바싹 다가앉은 아버지가 창식을 보며 소리 없이 웃었다.

"누추하디? 좀 기다리믄 형편이 나아질 거이야."

"아바지. 근데 후미코가 누구야요?"

"안집 아주마이가 뭐라 하든?"

"예. 물을 챙겨 준다고……. 그분이랑 재혼하실 건가요?"

"까페 여급이랑 결혼은 무슨……. 귀찮게 자꾸 와서 내 살림에 손을 대누나."

"오지 못하게 해야겠구만요?"

"글티……. 그러려무나."

"내일 출근하려면 일찍 주무셔야디요?"

"지난번 합격됐다고 전화 온 신문사는 어떤 놈팡이가 낙하산으로 들어갔다누나."

"낙하산이 뭐이야요?"

"실력도 없는 놈들이 연줄 타고 내려와 남의 자리를 빼앗는 거디."

'당장 출근을 할 것처럼 편지를 보내 놓고…….'

창식의 가슴이 쿵 내려앉았다.

"그래서…… 딴 델 찾아보고 있는 중이야. 내일 와 보라는 곳도 있고."

"저…… 학교는 못 가는 건가요?"

"일단 내가 출근을 하면 그때 보내 줄 테니 기다리라."

"그럼 출근할 수 있는 거야요?"

"내일 가 봐야 알갔디."

아버지는 말을 마치고는 쿨럭쿨럭 기침을 했다.

"아바지가 너무 힘들어 보여요. 크게 아프신가 겁나요."

"일없다."

"그냥 고향으로 돌아가믄 안 돼요?"

"내레 무슨 낯짝으로 가갔네?"

"글타고 하냥 기달릴 수 없잖습네까?"

"하냥 기다리기야 하갔네? 무슨 수가 있갔디……."

창식은 들창을 열고 서늘한 밤공기를 들이마셨다. 아버지의 집 하늘은 고향과 달리 별 하나 뜨지 않는 깜깜한 하늘이었다. 생각해 보니 고향으로 돌아가는 것도 좋은 방법은 아닌 것 같았다. 먹을 걱정은 없어진다 해도 큰집 군식구가 되면 전처럼 머슴 신세를 면치 못할 것이었다. 이곳에서 기다렸다가 학교를 알아보는 것이 나을 듯 했다.

아버지의 방은 외풍이 세고 바닥도 차고 습했다. 밤새 뜨끈한 아랫목에서 몸을 지지고 일어나 지게 지고 일하러 가곤 하던 큰집 생각이 났지만 창식은 머리를 흔들어 지웠다. 머리끝까지 이불을 뒤집어쓰고 다시 잠을 청했으나 새벽까지 뭔가를 끄적거리는 아버지 때문에 몇 번이나 잠이 깼다. 깊이 잠들 수가 없었다.

새벽 한기에 창식은 저도 모르게 눈을 떴다. 아버지는 앉은뱅이책상 위에 엎드려 잠들어 있었다. 원고지로 가득 찬 책상 위에 안경도 벗지 않은 채였다. 창식은 코에 걸려 있는 아버지의 안경을 벗겨 주었다.

"아바지, 누워 주무시라요. 허리 아파요."

"으응. 창식아. 점심되기 전에 나 좀 깨우라. 출판사에서 와 보라 했다."

"예."

"너도 같이 가자우. 창경원 가 보고 싶다 했지?"

창식은 고개를 끄덕이고는 아버지 안경테에 감겨진 고무줄을 물끄러미 보았다. 할머니가 쥐어준 지전으로 당장 아버지 안경테부터 갈아야 할 것 같았다.

3

아버지의 자리는 없었다

땡땡 소리와 함께 전차가 남대문통 3정목✦ 방향에서 2정목 네거리로 들어왔다. 창식은 신기한 듯 전차를 바라보다가 아버지를 따라 손잡이를 잡고 전차에 올라섰다. 직접 차비를 내 보라고 아버지가 5전을 쥐어 주었다. 차장에게 돈을 내고 안쪽으로 비집고 들어갔다. 네거리에는 '일화생명보험주식회사'와 여러 보험 회사가 줄지어 있었다. 대낮에도 밝은 불빛을 쏟아내는 빛 간판 때문에 거리가 온통 별천지 같았다. 수십 리를 걸어야 기차를 탈 수 있는 고

✦ 남대문통 3정목: 현재 남대문로 3가.

향 북청에 비하면 이곳은 전혀 다른 공간이었다. 10분에 한 대 꼴로 전차가 오고 간다고 하니 길에 늘 전차가 다니고 있는 셈이었다. 거리에도 차 안에도 사람들이 넘쳐났다. 마치 이 길에 서 있기 위해 전국에서 사람들이 몰려든 것 같았다.

창식과 아버지가 탄 전차는 속도를 줄이고 남대문통 1정목을 향하여 나아갔다. 차 안은 양복을 입고 어딘가로 향하는 직장인, 화려한 옷차림의 모던 보이, 모던 걸, 짐 보따리를 이고 진 사람 등 다양한 행색의 승객들로 북새통이었다. 창식은 슬며시 꿩털 귀마개를 빼서 손에 들었다. 덥수룩한 머리에 귀마개를 한 자신의 모습이 왠지 초라했다. 내다볼 틈도 없이 비좁은 차창 밖에는 일본어 간판을 단 상점들이 즐비했다.

전차는 황금정 입구✦에서 멈추었다. 유리창 밖으로 정거장 나무 팻말이 달랑거렸다. 지붕 없는 정거장에 사람들이 모여 전차 문 열리기를 기다리고 있었다. 황금정 입구는 동서로 길게 뻗은 황금정과 남북으로 교차하는 남대문통

✦ 황금정 입구: 현재 을지로 입구.

의 입구라고 했다.

“여게가 신시가지인 남촌이란다. 우리가 사는 곳이 북촌말이고.”

아버지가 말했다. 창식은 차창 밖 풍경에 눈길을 빼앗긴 채 아버지의 말을 흘려들었다. 지금 아버지가 무슨 말을 해도 이 도시가 아직 낯설기만 한 창식이 못 알아듣는 건 마찬가지일 것이다. 어디가 어디인지 가늠하기 어려웠다. 어쩌면 아버지도 이렇게 어지러운 경성에서 길을 잃고 몇 년을 허비한 것인지도 모른다.

다른 정거장에서도 한 무리의 사람들이 전차를 기다리고 있었다. 대낮인데도 사람들이 많았다. 서로 타겠다고 아우성을 치다가 올라온 사람들과 남겨진 사람들이 모두 얼굴을 붉히며 투덜거렸고 옥신각신 소란이 일어났다. 기다리던 승객들 중에 절반만 겨우 태우고 출발한 전차는 네거리를 크게 좌회전해 남쪽으로 향했다. 문간에 붙어선 승객들이 둥글게 도는 전차 때문에 몸이 바깥으로 밀리며 남녀노소가 뒤엉켰다. 나무 출입문은 삐걱 소리를 냈다. 눅눅한 습기와 땀에 전 시큼한 내음이 전차를 채우고 있는 것 같았다.

황금정 입구에서 아버지를 따라 내린 창식은 땡땡 소리를 내며 네거리를 돌아나가는 전차의 뒤꽁지를 바라보았다.

"여게가 경성에서 가장 화려한 혼마치[✦]란다. 리틀 도쿄라 하디. 우리야 그냥 진고개라고 한다. 경성은 점점 도쿄랑 똑같이 변해가는구나."

아버지는 말끝에 긴 한숨을 쉬었다.

"너 어데 들어가 기다리라. 금세 다녀올 테니."

"출판사 일이 오래 걸리나요?"

"글쎄. 어떻게 될지 모르갔다."

"그냥 아버지 옆에 있으면 안 돼요?"

"그건 곤란해……."

"부산스럽게 안 굴게요."

"그럼, 사무실 바깥쪽에서 기다리고 있으라."

아버지의 얼굴이 불안으로 일그러졌다. 그 모습에 창식은 몇 년 동안 아버지의 생활이 어땠을 지가 느껴졌다.

✦ 혼마치: 진고개, 본정이라고도했다. 으뜸 거주지라는 뜻. 현재 충무로 2가 일대.

창식은 아버지를 따라 다닥다닥 붙어있는 건물 중 한 곳으로 들어갔다.

나무 계단을 올라 2층 복도로 올라간 아버지는 창식을 창가 쪽에서 기다리라 하고는 저만치 떨어져 있는 '○○출판사' 사무실로 들어갔다. 창식은 꼭 닫히지 않은 문틈으로 사무실 안을 들여다보았다. 안락의자에 몸집이 크고 머리가 벗겨진 신사가 앉아 서류를 훑어보고 있었다. 아버지의 야위고 굽은 등이 정면으로 보였다. 신사가 무슨 말을 할 때마다 아버지는 고개를 90도 꺾고 몇 번씩이나 인사를 했다.

"안회영씨죠?"

"예, 예. 제가 안회영입니다."

아버지의 안절부절못하는 목소리가 고스란히 들려왔다.

"교토의 동지사 대학을 나오셨구만요. 게다가 영문과라니 수재들만 갈 수 있는 곳 아닙니까."

"과찬이십네다."

"아니, 근데 왜 이런 곳에 이력서를 내셨습니까? 여기 오기 전엔 어떤 일을 하셨나요?"

"책 번역을 하고 신문에 잡문 연재를 몇 개…… 했드랬

습네다."

"호오, 고급 인력이신데요?"

"그게 다…… 소용이 없습니다. 워낙 실업자들이 많아 놔서요."

"어쩐다……. 저희도 번역이나 편집 직원은 남아도는 상태고…… 외부 판매 사원을 구하고 있는데 선생 같은 분이 할 수 있을지……?"

"외부 판매라면……."

"서점이나 학교로 돌아다니면서 전집 책을 알리고 팔아 오셔야 하는 거외다."

"……."

아버지의 대답은 들리지 않았다. '외부 판매가 뭐지? 돌아다니면서 팔아 오라니, 장사를 하란 말인가?'

창식은 아버지가 나올까 봐 얼른 창문가로 뛰어갔다. 계단 옆 창문 너머 가게에서 모던 걸, 모던 보이들이 머리를 맞대고 커피를 마시고 있었다. 낯선 일본 한복판에 와 있는 느낌이었다.

"보러 오세요. 오늘 저녁 황금좌에서 새 영화 상영합니다!"

나팔과 북을 맨 악대가 쿵쾅대며 지나갔다. 술이 풍성하게 달린 제복을 입은 사람이 외치면 다른 사람들이 북과 나팔을 연주했다.

"황금좌에 새 영화가 들어왔네. 극장이 내 주머니 속까지 톡톡 털어가는구나."

사람들이 악대를 둘러싸고 새 영화 소식에 귀를 기울였다. 창식은 다시 문 쪽으로 다가가 귀를 대 보았다.

아버지의 표정을 짐작할 수가 없었다.

"어떻게 이 일이라도 하시겠습니까?"

"소개받기로는 편집부 직원이라고 했는데……. 혹시 자리가 나면 바꿀 수 있을까요?"

"물론입죠. 그런데 영업일을 잘 하셔야 그런 날이 오겠죠, 안 그렇습니까? 껄껄."

"…… 조금만 생각해 보고 연락드려도 될까요? 외판은 경험이 전혀 없는 일이라서……."

"뭐, 좋을 대로 하세요. 하지만 지금처럼 취직이 어려운 시기에는 이런 자리도 오래 기다려 주지 않는 법입니다, 안 선생."

"그렇다고 덥석 하겠다고 말씀드리는 건 좀……."

"그건 그렇네요. 게다가 선생 같은 고급 인력이 그런 일을 하는 건 쉽지 않은 일이죠. 마음이 동하면 연락 주세요."

창식은 얼른 창 쪽으로 갔다. 가문의 자랑인 아버지가 저렇게 쩔쩔매고 있다는 게 믿을 수 없었다.

알 수 없는 표정으로 사무실을 나온 아버지가 창식에게 창경원에 가자고 했다. 창식은 눈치를 보며 고개를 끄덕였다.

창경원은 경성에 오는 모든 사람의 관심거리였다. 창식도 동물원이 된 궁궐 이야기를 무시로 들었던 터라 꼭 한 번 구경하고 싶었다. 정문 이층 지붕 앞에서 일장기가 기세 좋게 펄럭거리고 있었다. 그 밑으로 풍선을 든 아이들이 부모의 손을 잡고 돌아다녔다. 창식은 실에 매달려 둥둥 떠다니는 색색깔의 풍선이라는 것이 신기했다. 공작, 코끼리, 원숭이같이 처음 보는 이국 동물들이 철창 속에서 어슬렁거리며 돌아다니는 것은 더 놀라웠다. 알록달록한 풍선을 들고 다니는 아이들의 모습은 자신과는 딴 세계에 살고 있는 내지인들 같았다.

한참 구경을 하며 걷다가 뒤돌아보았다. 아버지는 철창

을 잡고 갇혀 있는 동물들을 물끄러미 보고 있었다. 겨울 볕을 쬐고 있던 동물들이 어슬렁거렸다. 외투 주머니에 손을 넣고 멀뚱히 서 있는 아버지 앞으로 원숭이가 한 마리 다가왔다. 철창 바로 앞에서 아버지와 원숭이가 서로를 마주보고 서 있었다.

아버지는 외투에서 손을 빼더니 땅에 있는 주먹만 한 돌을 하나 집어 들어 손아귀에 꽉 쥐었다. 그러고는 빤히 원숭이를 바라보다가 갑자기 돌멩이를 던졌다. 탕 소리를 내며 철장에 돌멩이가 부딪히자 원숭이가 꽥꽥거리며 도망가고 사람들이 놀라 아버지를 힐끔거렸다.

"왜? 왜? 왜애?"

아버지도 원숭이같이 소리를 질렀다.

얼굴은 새빨갛게 독이 오르고 푸른 힘줄이 부풀어 튀어나와 풍선처럼 터질 것 같았다. 순사들이 호루라기를 불며 달려오는 동안에도 아버지는 계속 소리를 질렀다.

다른 동물을 구경하던 사람들도 아버지 쪽을 돌아보거나 아예 발걸음을 옮겨 가까이로 왔다. 원숭이처럼 빨개진 아버지는 주위를 아랑곳하지 않은 채 계속 울부짖었다. 창식이 아버지를 억지로 끌고 나오지 않았더라면 아버지는 순사들에게 잡혀 주재소로 끌려가고 말았을 것이다. 아버지는 극도로 불안한 상태였다.

창식은 그날 저녁 토끼입 아이를 찾아 길을 나섰다. 배달 일자리라도 구해 보려는 것이었다. 한참이나 찬바람을 맞고 쏘다니다가 겨우 배달 마치고 나오는 소년을 만났다.

"일자리? 그거야 난지(많지)? 오늘 다로(바로) 할 수 있는 곳도 있어. 근데 월긋(월급) 떼이는 일이 난아(많아)."

"그런 데 말고. 나 돈이 급해."

잘 알지도 못하는 토끼입 아이에게 일자리까지 부탁하기가 민망했지만 어쩔 수 없었다.

"약국이 있긴 한데 약국 영간닝(영감님) 성깔이 도통(보통) 아니라……."

"괜찮아. 갈게."

"그리고…… 일자리 소개시켜 줬으니 너도 나한테 해 줄 게 있어. 나 일린(밀린) 월근(월급) 닫으러(받으러) 다닐 때, 같이 가 줘야 해."

"알았어. 같이 가서 소리 질러 줄게."

"근데, 이른이(이름이) 워야(뭐야)? 촌닭이라는 것난(것만)

알고 있는데."

"창식이, 안창식. 넌?"

창식은 큰 눈을 꿈뻑이며 자기 머리를 쓸어내렸다.

"웃지 나(웃지 마). 난 개똥이."

창식은 또래 친구 개똥에게서 경성의 첫 일자리를 소개 받았다.

4

규명약국 가는 길

창식이 취직한 규명약국은 계동에서 침을 잘 놓기로 이름 난 약국이었다. 창식이 취직을 할 무렵부터 손님이 더 많아지더니 일한 지 사 년이 지날 때 즈음에는 윗방과 마루에 결리거나 접질린 손님들이 늘 가득 차게 되었다. 창식의 말투에도 경성 물이 들었다.

아랫방에서 규명 영감님이 침을 놓거나 진맥을 보고 마님은 영감님을 거들어 증상을 묻기도 하고 약재를 점검했다. 창식은 약 배달에, 뜸 빚는 일에, 탕약 달이는 일까지 혼자서 감당했다. 영업시간 내내 잠깐의 쉴 짬도 없이 종종거려야 했다. 마님뿐 아니라 인색하고 고집 센 영감님조

차 아이를 한 명 더 써야겠다고 말할 정도였다. 창식은 바쁘고 힘든 와중에도 걱실걱실 일하며 잘 버티고 있었다.

사 년 전에 개똥이가 규명약국을 소개해 주면서 조건으로 내건 밀린 외상값 받으러 다니는 일도 계속 해 왔다. 세상엔 외상 밀리는 사람이 참 많았다.

"나 아직도 놋 받은(못 받은) 돈이 있어. 오늘 같이 가 줘."

촌놈이라고 만날 때마다 놀리긴 했으나 급할 때 자신을 구해 준 고마운 아이였다. 자꾸 불러서 귀찮긴 하였지만 말이다.

"고롬고롬. 꼭 같이 가 줄게."

이 년 전 어느 날, 창식이 배달을 마치고 약국으로 들어오는데 마님이 누가 찾아왔다며 한 아이를 가리켰다. 창식 또래지만 키가 훤칠하고 몸집이 커서 씨름꾼처럼 보였다. 창식과 눈이 마주치자, 성큼성큼 다가와 다짜고짜 안정연 씨를 아느냐고 물었다. 얼마 전 총독부 학무관 윤치관에게 이혼당하고 경성을 떠났다는 부인의 이름이었다. 경성부에선 모르는 사람이 없을 정도로 유명한 사건 속 인물이자, 얼마 전 처음 본 창식의 당고모였다.

"너는 누구네?"

창식은 덩치에게 물었다.

"난 왕규야. 우리 엄마가 안정연이고."

안정연이라는 이름에 창식은 얼마 전 어둠 속에서 보았던 낯선 친척 아주머니를 떠올렸다. 아버지는 당고모라고 창식에게 소개했고 당고모가 왕규 엄마라고 자신을 소개했다. 동글동글한 얼굴에 몸집이 작았지만, 목소리는 낮고 힘이 있었다. 창식은 처음 본 것 같아 낯설었는데 고모는 창식이 어렸을 때 왕규와 함께 만난 적이 있다고 했다.

"우리 엄마는 고향으로 가셨대."

왕규가 불쑥 말했다. 창식은 고모를 만났던 날을 되짚어 보았다.

당고모는 서울에 있는 친척인 아버지를 찾아와 총독부 관리인 윤치관에게 일방적으로 이혼당한 이야기를 했다. 그리고 곧 경성을 떠난다고 했다. 그 말을 듣고도 아버지는 목소리를 높이기는커녕 줄담배만 피워 댔다. 윤치관에게 취직자리를 부탁하러 당고모 몰래 찾아갔던 것이 걸렸기 때문이었다.

당고모는 창식에게 따로 부탁을 남겼다.

"혹시 우리 왕규가 찾아오면 이 말 꼭 좀 전달해 주라. 어미 찾지 말고 꿋꿋하게 버티며 살라고."

창식은 이상하게도 꿋꿋하게 버티라는 말이 잊히질 않았다.

당고모의 말을 전했지만 왕규는 씩씩거리고만 있었다. 당고모의 바램과는 달리 왕규는 욱하는 성질을 조절을 하지 못하는 다혈질로 보였다. 산만한 덩치로 엄마 내놓으라고 생떼라도 부릴 표정이었다.

"당고모가 북청엘? 멀다. 쉽게 갈 수 있는 길은 아니야."

"왜 나는 놔두고 갔는지 모르겠다. 어미도 아니야!"

"어마이한테 그기 무슨 말버릇이네? 중학교라도 제대로 졸업하라고 그런 거 아니네?"

왕규는 대답 없이 창식을 노려보다 돌아갔다.

다시는 안 올 것 같더니, 왕규는 그 이후부터 때때로 규명약국을 찾아왔다. 창식이 없으면 기다리다가 그냥 가기도 했다. 약국 마님은 범강장달이 같은 떡대 좋은 아이가 왔다갔노라고 불만 섞인 목소리로 전해주곤 하였다. 눈치가 없는 왕규는 늘 영감님에게 들켜, 걸리적거린다는 싫은 소리를 들으면서도 줄곧 창식을 찾아왔다. 규명 영감님은 마음에 안 드는 일이 생기면 손목에 힘을 주고 담뱃대를 내리찍곤 했는데 왕규가 오는 날은 창식의 머리통에 담뱃대를 내리찍었다. 어찌나 아픈지 얼얼한 통증이 하루 종일 가시질 않았다.

"왕규!"

창식은 배달 자전거를 세우고 약국 뒤편에서 서성이고 있는 왕규를 불렀다. 둘은 해가 남아 있는 서쪽 지붕 밑으로 들어가 약국집 마당을 살펴보았다.

뜰에는 아무도 없었다.

"학교 파하고 오는 길임?"

창식은 왕규의 이마를 닦아 줬다. 손바닥에 땀이 충충히 묻어났다.

"응. 목말라. 마실 물 좀 줘."

"그냥 들어가 마시고 올 일이지 뭘 기다리고 있네?"

"영감님이 맨날 날 보면 퉁바리를 주던걸."

"천하의 윤왕규가 눈치를 본단 말임?"

창식은 약국 살림집으로 들어가 독에서 물을 한 바가지 떠 나왔다. 경성 와서도 계속 일을 하며 지내다 보니 창식은 나름 눈치가 생기고 재재발라졌다.

"요즘 학교는 어떤?"

창식은 자신이 가 보지 못한 중학교 이야기를 물었다.

"재미없어. 선생들도 내지인으로 죄다 바뀌고 있고 내가 젤로 좋아하는 김강숙 선생님은 지난주에 어디론가 끌려가 버렸어."

"신문에 글 쓰던 역사 선생님 말야?"

"응. 강숙 선생님 대신 일본인 선생님이 두 명이나 들어왔고."

"뭐이? 그럼 학교에서 내쫓은 거 아니네?"

왕규는 그렇다는 뜻으로 고개를 주억거렸다.

"그 선생님이 없으니까 학교가 다 일본인 판이 된 것 같아."

"신문에 실린 글이 문제가 된 거이 확실해."

"순사들이 학교로 와서 바로 데려갔다던데."

"뻔한 거 아님?"

"서대문 교도소는 사람 잡는 곳이라던데……."

"야야, 말조심하라. 우리도 주재소로 잡혀가갔다."

"학교 애기는 그만하자."

창식은 왕규한테 학교 이야기를 듣고 싶은데 반대로 왕

규는 학교 이야기를 별로 하고 싶어 하지 않았다. 학교건 집이건 사람들로부터 욕을 먹는 입장이었기 때문이다. 그것은 아버지인 윤치관 때문이었다. 총독부 학무감인 그가 학교에 등장하면 이번에는 어떤 선생님이 잘릴지에 쑥덕거릴 정도였다. 학교에서 아버지에 대한 쑥덕거림을 들어야 하는 왕규는 괴롭기 짝이 없었다.

그것은 집에서도 마찬가지였다. 계동 솟을대문 집은 경성 사람들이 모두 부러워하는 근사한 곳이었지만 매국노 윤치관이 사는 집이었다. 담벼락 안으로 느닷없이 돌이 날아들고 오물 세례가 떨어지기도 했다. 이래저래 왕규는 정 붙일 곳이 없는 아이였다.

창식과 왕규가 소곤소곤 이야기를 나누고 있을 때 가게 문이 드르륵 열리더니 약국 마님이 '창식아!' 불렀다. 창식과 왕규는 고개를 숙이고 숨을 죽였다. '왜 여태 안 오는 거야?' 하는 마님의 소리가 뒤이어 들렸으나 없는 척 숨죽이고 있었다. 창식은 왕규를 혼자 두고 가지는 않았다.

"나, 물상회에 한번 가 볼 생각이야. 물꾼이 훨씬 벌이가 좋다고 해서 말이야."

"물꾼?"

왕규가 남은 물을 마시며 물었다.

"응. 내 벌이의 두 배란다. 좀 고단해도 빨리 돈을 벌어야 한다."

"우물에서 물을 퍼 먹으면 되지 왜 물을 사 먹어?"

"너희 집 우물 있었나? 경성에서 우물 남아 있는 집 몇 안 되는데."

"우린 이미 수도가 들어왔지. 뒤꼍 우물에는 순사들이 지붕까지 씌워 주었는걸."

"호열자 때문이구나. 암튼 부럽다, 짜식! 언제든지 맑은 물을 먹을 수 있다는 말이네."

"넌 어떻게 먹는데?"

"우리 집은 누가 갖다 줄 때도 있고 아니면 청계천 물 길어다 먹어."

"웩! 그 똥물을 먹는다고?"

왕규는 중학교 2학년이지만 세상 물정을 너무 몰랐다. 창식은 자신이 왕규였다면 저렇게 방황은 하지 않을 거란 생각을 했다. 학교를 다니고 있지 않은가? 당고모도 왕규의 학업을 위해 말없이 떠난 게 아닐까. 그런 당고모의 뜻을 헤아리지 못하고 왕규는 마음속에서 부는 정체를 알 수 없는 바람에 휩쓸리고 있었다.

"야, 이거 먹어 보라. 달달해."

"뭔데?"

"말린 감초다. 심심할 때 물고 있으면 목마른 것도 없어져."

"너, 약장에서 슬쩍했구나? 영감님이 그렇게 무서운데도 할 짓은 다 한단 말이야."

"이건 약으로 못 쓴다고 영감님이 빼 놓은 거야."

창식과 왕규는 감초를 입에 넣고 눈을 감았다. 감초를 입에 넣자 달콤한 맛이 은은하게 입 안에 퍼졌다.

왕규는 가방에서 보자기에 둘둘 말아 온 운동화를 꺼냈다. 왕규한테 작아져 신을 수 없는 거라고 했다.

"많이 돌아다녀야 하는데 이거 신고 해."

창식이 태어나서 처음 신어 보는 운동화였다. 발에는 조금 컸지만 운동화 끈을 촘촘히 묶는다면 그런대로 신을 수 있을 것 같았다. 발을 감싸 주는 느낌이 보드라운데 가볍기까지 했다.

"고맙다 왕규, 나 들어가 봐야 하니까 얼른 가라."

창식은 제자리 뛰기를 했다. 숨이 가쁜 척 해야 영감님에게 혼이 나지 않을 것이다.

"물꾼들은 얼마 받나?"

"한 달에 20원이 넘는다더라. 거기다 새벽이랑 저녁에 동이에 부어 주면 되니 낮 시간이 남는대. 그때 학교나 야학도 갈 수 있잖네."

"오, 그럼 빨리 옮겨라. 나도 좀 데리고 가고."

"뭐라네. 네가 거길 왜 가간? 돈이라면 남아도는 집에서."

"그럼, 나랑 바꿔 살자. 구역질 나는 인간들과 한 집에서 지내는 게 어떤 건지 알려줄게."

"시끄럽다. 지체 높은 윤왕규 군. 얼른 집으로 꺼지시오."

"지체 높기는……. 언제 집을 나서다가 돌에 맞을지 모르는데. 우리 아버지 노리는 사람이 얼마나 많은지 모르냐?"

둘이 이야기를 나누고 있을 때 약방 안에서 영감님이 부르는 소리가 들렸다.

"창식아, 왔으면 얼릉 들어와. 저 밀려 있는 배달을 어쩔 거냐?"

"예. 나리!"

창식은 약방으로 들어가 주소 적힌 종이와 한약 뭉치를 들고 나와 자전거 뒷자리에 묶었다.

"나 간다!"

"나두 태워 줘."

"형이라고 불러 봐라. 그럼 태워 줄게."

왕규는 가방을 옆구리에 끼고 자전거를 따라 뛰었다. 악착을 떨며 뛰어오는 걸 보면서 창식은 왕규에게 자신이 모르는 속사정이 있을지도 모른다는 생각을 했다. 그 속사정의 정체는 잘 모르겠으나 엄마가 없다는 사실이 자꾸 마음을 잡아끌었다. 속상하고 힘든 날 창식 자신도 지게를 내려놓고 엄마 무덤가에 누워 있곤 하지 않았나.

엄마가 곁에 있었다면…… 사는 게 달라졌을까? 창식은 자신과 왕규의 처지를 생각하며 자전거 페달을 밟았다. 진고개 길은 푹신한 보료 위처럼 부드러웠다. 포장이 안 된 진고개 길은 비 오면 땅이 질척거리고 갖은 오물 내가 진동하곤 했다. 하지만 오늘처럼 맑은 날은 그런대로 자전거가 잘 굴러갔다.

"낼 또 올게!"

잠깐 딴 생각을 하는 사이 왕규는 불쑥 소리를 지르고는 가방을 옆구리에 끼고 집 쪽으로 뛰어갔다. 형이라고 부를 생각은 없는 것 같았다.

5

밀린 월급은 외상?

약국이 문 닫는 저녁 시간에 개똥이 또 창식을 찾아왔다. 청개천 근처에서 배달 일을 하면서 둘은 하루에도 몇 번씩 마주치는 사이였으나 요즘은 더 자주 만나게 되었다. 그것은 개똥이 몇 년째 포기하지 못한 월급을 이번에는 꼭 받으려 하기 때문이었다.

“요즘은 어디서 자?”

창식은 자전거 뒷자리에 앉는 개똥을 돌아보며 물어보았다.

“눌방(물방)이라고 눌상회에서 얻어 주는 싼 왕(방) 있어. 눌꾼(물꾼) 아저씨들과 항께(함께) 자는데 이랑 힌대(빈대)가

너우 않아(너무 많아). 천둥 치듯 코를 곯아 대는 아저씨들 때운에(때문에) 히곤하지(피곤하지) 않은 날은 잔을(잠을) 옷 자(못 자). 돈이 존(좀) 있으년(있으면) 달세항(달세방)이라도 따로 구했으연(구했으면) 좋겠어."

개똥의 갈라진 입술 사이로 발음이 샌 말들이 쏟아졌다. 익숙해진 창식은 머릿속으로 입술소리를 조합하면서 알아들었다.

"그렇게 돈 쓰다간 얼마 남지도 않겠다, 자식아."

"낮아(맞아). 그래도 눌방(물방)의 이랑 힌대(빈대)는 견디기 어려워."

둘이 도착한 곳은 복덕방 앞이었다. 문을 살짝만 열어 보고는 개똥이 창식을 불렀다.

"장승처렁(장승처럼) 쵝대한 헌한(험한) 효정을(표정을) 지어라. 키는 작지만 네가 다우져(다부져) 오이긴(보이긴) 하거든."

창식은 고개를 끄덕이면서 문 안으로 따라 들어갔다.

"너희들 게서 뭐 하누? 난 우동 배달시킨 적 없는데."

"영간닝(영감님), 우동갓시(우동값이) 않이(많이) 널려서(밀려서) 닫으러(받으러) 왔어요."

"뭐라는고? 이런 병신놈을 봤나? 남의 가게에 와서 웬

땡깡이냐, 이놈아. 나도 일을 해야 돈을 벌 거 아니니?"

"영간닝(영감님) 주시는 돈이 제 월긋이에요(월급이에요). 꼭 주셔야 해요, 예? 제알요(제발요)."

개똥이 애걸을 하는데도 복덕방 영감은 들은 체도 하지 않았다.

"아, 글쎄 가뜩이나 파리 날리는데 장사할 맛 떨어지게 뭘 자꾸 달라는 거야? 이, 버르장머리 없는 놈아."

밀린 월급 대신 외상값을 받아 가라는 주인, 10원이 넘는 외상을 지고도 그거 받으러 왔다고 면박을 주는 노인. 창식은 이해가 안 갔다. 어떻게든 외상값을 받아 보려는 개똥이 불쌍하고 안타까웠다.

"어르신, 외상으로 먹고 나 몰라라 하는 게 어디 있습네까? 그건 화적 떼나 하는 짓 아닙네까?"

애걸을 하는 개똥이 앞으로 창식이 나섰다. 창식은 자기도 모르게 꽥 소리를 질렀다. 열여섯 살의 욱하는 기운이 불쑥불쑥 밖으로 드러났다. 듣고 있던 영감은 낯선 북청 사투리에 깜짝 놀란 것 같았다.

"넌 어디서 온 놈이냐? 내가 언제 나 몰라라 했냐? 게다가 내가 10원이 넘게 외상으로 먹었다는 걸 어떻게 믿냐?

정확한 장부를 가져와 봐."

영감은 말을 요리조리 바꿔가면서 염장을 질렀다. 개똥은 수첩을 꺼내 배달 날짜와 그릇 수까지 알려주었다. 돋보기 위로 개똥이를 빤히 쏘아보던 노인은 입맛을 쩝 다시며 장부를 들여다보다가 돈이 없으니 내일 이맘 때 다시와 보라고 했다. 개똥이 창식을 돌아보았다. 혼자 오면 당할 게 뻔하므로 창식에게 올 수 있냐는 뜻인 것 같았다.

"저녁 8시쯤 오겠다 하라."

창식이 소곤거렸다.

"알겠어요. 내일은 일린(밀린) 것 다 계산해 주세요."

"시끄러. 그걸 떼먹겠냐 이놈아."

영감은 돋보기를 내려 쓰고 다시 신문을 들여다보기 시작했다.

'나이 들어도 양심도 없이 더 뻔뻔하게 될 수도 있구나.'

문을 닫고 나오면서 창식은 개똥보다 더 열이 받아 얼굴이 벌겋게 상기되었다. 매번 느끼는 거지만 개똥처럼 부탁만 하다가는 돈을 받아낼 길이 없었다.

창식은 유리창 너머로 신문에 코를 박고 있는 영감을 쏘아보았다.

"너 이번 우동집 월급도 못 챙길 것 같다. 저런 꼴을 어떻게 보고 살았네?"

창식은 자신이 별로 도움이 안 된 것 같아 개똥에게 미안했다.

"아, 찬날(참말) 지긋지긋하다."

"내일 만나자우. 내레 안 왔음 어쩔 뻔 했어?"

"고아워(고마워) 창식아. 딛을(믿을) 사람이 너밖에 없다."

그때 창식은 왕규를 떠올렸다. 왕규라면 자신보다 덩치도 크고 인상도 강하니, 이 일에 적격 아닌가?

"아, 그렇지! 밀린 월급 받아 내기에 더 알맞은 아이도 소개해 줄게."

"누군데?"

"힘 좀 쓰는 애."

"워야(뭐야)? 그런 앨 왜 이제야 소개해?"

"이제 생각이 났어. 덩치가 커서 외상값 받는 덴 적격이야. 그 대신 돈 받으면 우리 밥 한 끼는 사 줘야 해."

"그게 눈제냐(문제냐), 너네 둘 다 억고(업고) 경성을 뛰어다닐 거야."

창식은 개똥과 헤어져 걷다가 문득 뒤돌아보았다. 개똥

을 에워싸는 거지 아이들이 보였다. 불량스럽게 몰려들어 개똥의 옷을 우악스럽게 잡아 뜯는 게 깍정이[+]들이 분명했다. 창식은 나서야 하나 모른 체해야 하나 망설였다. 개똥이 바지 주머니에서 잔뜩 구겨진 지전을 꺼내 그들에게 주었다. 개똥보다 몇 살 더 먹은 칠성이 패 놈들이었다.

"벼룩 빈대한테만 뜯기는 게 아니네. 불쌍한 자식!"

다음 날 밤, 복덕방 앞에서 감초를 우물거리던 왕규는 불량스럽게 가게 문 앞에 감초를 뱉었다. "퉤!" 소리가 유난히 크게 들렸다. '걸리기만 해 봐라.' 하는 표정이었다. 창식은 피식 웃음이 먼저 나왔다. 순진한 왕규는 최대한 불량스럽게 하라는 창식의 주문에 꼭 맞게 어깨에 힘을 주고 있었다. 하지만 주인 영감은 아무리 기다려도 오질 않았다. 유리문에는 '출타 중'이라는 팻말만 걸려 있었다. 외상값 주기 싫어서 미리 피한 것 같았다.

왕규는 창식과 개똥 사이에서 어정쩡하게 서 있다가 가

[+] 깍정이: 청계천과 마포 등지에 몰려 살던 거지 무리로 평소에는 구걸하며 살다가 돈이 급할 때는 무뢰배처럼 굴어 사람들이 꺼려했다. 이들은 훗날 장의사 일을 독점해 사업으로 일구었다.

게 문 앞 평상에 털썩 주저앉았다. 창식도 오늘 하루 종일 배달을 다녀서 다리에 몇 근 짜리 돌덩이가 매달려 있는 느낌이었다.

"이 못된 영감, 일부러 문 걸어 잠그고 가 버린 게 확실해."

창식이 혀를 찼다.

"이렇게 당하기안(당하기만) 하년서(하면서) 어떻게 넉고살겠냐(먹고 살겠냐)?"

개똥이 머리를 긁으면서 소리를 질렀다.

"걱정 나(마). 내가 눌상회(물상회)에서 자리 장으면(잡으면), 너희들 다 우를 거야(부를 거야)."

"흰소리 말고 실속이나 챙겨, 임마. 깍정이 칠성이 패거리도 너한테 돈을 뜯잖아?"

"어떻게 알았어? 개네는 올려(몰려) 나니면서(다니면서) 사기 치고 삥을 뜯는 게 일인걸."

"근데 너도 예전에 깍정이 패였다며? 어떻게 그 애들하고 같이 다니지 않는 거냐?"

"우리 야학 선생님이 그렇게 살지 알라고(말라고) 하셨어. 자꾸자꾸 어두운 쪽으로만 찾아들게 된다고 말야."

"허, 그 선생님 멋진데?"

"너희도 야학 와 봐."

"중학교 과정도 배울 수 있나?"

"놀라(몰라), 지금 난 한글도 겨우 떠듬거리며(떠듬거리며) 읽는 수준이라."

"대단하다. 먹고살기도 힘들 것 같은데. 우리 개똥이 몸 축날까 두렵네."

"나 지금 일하는 고나우(고바우)눌상회(물상회) 조학장닝도(조합장님도) 원래 눌(물) 지게꾼에서부터 출발했댄다. 그런데 물상회 주인이 된 거야. 지금은 운화 주택에서(문화 주택에서) 살고 있고 최신 승용차도 예약했다더라."

"와, 그렇게 돈을 잘 번단 말이야?"

"요증(요즘) 호열자 때운에(때문에) 웬만한 집들은 눌(물) 사 먹잖아."

왕규는 눈을 반짝이며 개똥 쪽으로 가까이 왔다.

"형, 그럼 저도 가도 돼요?"

개똥은 고개를 끄덕이며 싱긋 웃었다. 소년다운 귀여움이 드러나는 순간이었다.

"고롱, 고롱(고롬, 고롬)!"

코맹맹이 소리를 내며 개똥이 창식의 사투리를 흉내냈다. 왕규는 창식에게 한 번도 해본 적이 없는 형 소리를 개똥한테는 쉽게 했다. 창식은 약이 올라 왕규의 뒤통수에 꿀밤을 한 대 먹였으나 왕규는 기척도 하지 않았다.

"열다섯에 그 등치면 충군히(충분히) 할 수 있어. 조항으로(조합으로) 둘 다 와."

창식은 개똥이 얼토당토않은 말로 왕규를 유혹한다고 생각했다. 큰우물집 도련님이 집을 나와 물지게를 진다고? 창식의 생각으론 말도 안 되는 소리였다.

"네. 꼭 갈게요."

왕규는 덩치에 맞지 않게 입을 가리고 흐흐 웃었다. 근래 처음 보는 밝은 모습이었다.

"그나저나 오늘도 허탕인 거 같다. 젠장!"

"정말 나쁜 영감이야."

창식은 혀를 찼다. 괜히 따라온 왕규에게 더 미안한 생각이 들었다.

"내가 월급 떼인 돈이연(돈이면) 경성에 짓(집) 한 채는 샀겠다. 안 그냐, 창식아!"

창식은 경성에 온 첫날 보았던 개똥을 떠올렸다. 오른

손으로는 자전거의 핸들을 잡고 뒷자리에 잔뜩 우동 그릇을 쌓아 올린 채 왼쪽 핸들에 주전자를 걸고 입으로 '배달이요, 배달!' 소리를 치며 달리던 개똥. 개똥은 문화 주택에 사는 게 꿈이라고 했다. 창식은 개똥이 어림도 없는 꿈을 꾸고 있다고 생각했다.

"왜 당하고 살아요? 끝까지 받아 내야죠, 형."

왕규가 유리문 안쪽을 들여다보며 말했다.

"우동집이 없어진 걸 알아서 이 영감이 더 안 주려고 해. 아주 못됐어."

창식이 싸늘하게 말했다.

"어른들은 양심이 없는 것 같아. 우리 아버지부터 말야."

왕규가 한숨을 쉬면서 말했다. 창식은 왕규가 처음으로 아버지 윤치관에 대해 말하는 것을 들었다. 그건 부끄러움인 것 같았다.

"월(뭘) 어떻게 하겠니? 빨리 잊어더려야지(잊어버려야지)."

개똥이 한숨을 푹 쉬었다. 갈라진 입술 사이로 선홍빛 잇몸이 보였다.

왕규가 주먹으로 유리문을 두드렸다.

"여보시오? 여보시오!"

유리들이 요란하게 덜컹거렸다.

"야, 그러다 너만 다쳐. 빨리 집에나 가자."

달빛이 복덕방 앞 공터를 환히 비추고 있었다. 창식의 배에서 꼬르륵 소리가 났지만 밥 먹을 기분은 나지 않았다.

조바위를 쓴 아주머니가 복덕방 쪽으로 왔다가 개똥과 창식을 둘러보았다.

"얘들아, 거기서 뭐 하는 거니? 영감님 안 나오셨니?"

"저희도 기다리고 있어요."

"아니, 빽 하면 자리를 비우고 어딜 쏘다니는 거야?"

"무슨 일이신데요?"

"달세 점방 좀 알아보려고. 터가 안 좋은지 장사가 안 돼서 말야."

"저희가 기다릴 거니까 들어오시면 알려드릴게요."

개똥은 몇 번 우동을 배달시켜 먹었던 아주머니를 기억하고는 싹싹하게 말했다.

"그럴래? 오른쪽으로 있는 까페 옆 가게야. 지나가다 들러라."

아버지랑 안다는 후미꼬네 까페를 말하는 것 같았다.

아주머니가 가고 나서도 한참을 기다렸으나 영감이 올 기미는 보이지 않았다. 개똥이 창식을 불렀다.

웃음기가 걸린 개똥과 창식의 얼굴은 얼룩덜룩해 보였다.

"난 눌방(물방)으로 갈란다. 일하려면 빨리 자야해."

"여기 다시 올 거야?"

창식이 물었다.

"이 영감이 돈을 줄까?"

왕규가 물었다.

"물론…… 안 주겠지?"

창식이 대답했다.

"그렇겠지. 우리난(우리만) 애를 쓴 거지……. 나중에 왕규랑 고나우(고바우)눌상회(물상회)로 와. 국항(국밥) 사 줄게."

"이게 뭐야? 이러니까 맨날 당하고 사는 거지."

왕규는 공격적인 눈빛으로 개똥을 쳐다보았다. 개똥은 침이 고이는 입가를 손으로 쓱 닦았다. 왕규의 눈이 사납게 커졌다. 그러더니 왕규가 대뜸 공터 바닥에서 돌멩이를 집어 들었다.

"관 둬! 유리값 만만치 않은데 걸리면 밀린 월급은 끝장이야."

창. 와장창.

창식이 말렸으나 이미 늦어 버렸다.

"물어 주면 될 거 아냐? 이깟 게 얼마나 된다고?"

"저 자식 겁(겁) 없네."

개똥이 혀를 찼다.

"냅둬. 잰 부잣집 자식이야. 믿는 구석이 있으니 저러는 거라고."

창식이 말을 마치기도 전에 문틀 칸칸이 빛나던 유리문들이 하나씩 깨져 갔다. 유리 깨지는 소리가 동네에 울릴 때마다 이웃 사람들이 한 명 두 명 밖으로 나와 서서는 왕규를 쳐다보고 있었다. 무슨 일인가 살피기만 할 뿐 와서 말리는 사람은 없었다. 개똥이는 댓돌로 뛰어올라 왕규 쪽을 향했다.

"야, 얼굴 알아보기 전에 그만해. 얼른 튀어!"

개똥은 왕규가 들고 있는 돌을 빼앗아 저만치 던져 버렸다. 창식은 자전거를 잃어버릴세라 운전대를 잡고 뒤따라갔다.

"돈 받기는 다 틀렸네. 종간나 새끼!"

왕규 때문에 부랴사랴 도망을 쳤으나 한바탕 욕질을 하고 나니 창식도 개똥도 오히려 마음속이 후련해졌다. 어차피 닳고 닳은 어른들에게 돈을 받아 낸다는 게 얼토당토않은 꿈인지도 몰랐다. 답답한 날들은 끝이 나지 않을 것만 같았다.

6

고바우물상회

결석을 밥 먹듯 하던 왕규는 결국 가방을 청계천 다리 밑에 던져 버리고 창식을 따라 나섰다. 진짜 가출 청소년이 된 것이다. 둘은 개똥이 알려준 고바우물상회를 찾아갔다.

물상회는 보통의 여염집처럼 생겼으나 넓은 마당에 긴 행렬 같이 물통들이 늘어서 있었다. 잘 마른 물통을 지게에 바꿔 끼우고 물꾼들은 서로에게 인사를 건넸다. 물지게를 매고 한 번 배달을 나가면 그날은 다시 못 만나는 일이 많기 때문에 간단한 인사에도 서로에 대한 애틋함이 묻어 있었다.

물상회는 달랑 두 칸으로 된 초가로 물꾼들이 들어와 쉬거나 잡담을 나누는 사무실, 지게와 물통, 고리 등을 보관하는 물품실로 나뉘었다. 마당 옆으로 돌을 쌓아 올린 축대에도 널어놓은 물통이 빼곡했다. '고바우 수상인 조합'이라는 거창한 간판이 있지만 대부분 사람들은 고바우 물상회라고 불렀다.

건물은 작고 허름한 사무실과 창고가 다였으나, 물을 배달하는 사람들은 넘쳐났다. 마당에 나무 물통들을 늘어놓고 햇빛 소독을 하는 것 같았다. 물통이 얼마나 깨끗하고 튼튼한가에 따라 단골들이 많이 생기기 때문에 물꾼들은 물맛과 더불어 청결을 최우선으로 쳤다. 모래나 나무 검불 같은 불순물이 없는 깨끗한 물을 부어 주기 위해서는 그날그날 물통을 바싹 말리는 작업이 필요했다.

마당 한가운데에는 넓은 평상이 있어 새벽 배달을 마친 물꾼들이 두엇씩 누워 쉬거나 장기를 두었다. 고르게 다져진 마당에서 돼지 오줌보 축국을 차는 패, 제기차기하며 시간을 때우는 패 들도 있었다.

창식과 왕규가 간판을 확인하고 마당으로 들어섰다. 둘을 기다리고 있던 개똥이 손을 흔들었다. 총무에게 자신이 직접 소개해 주려고 나와 있었다고 했다.

개똥이 창식과 왕규에게 눈짓을 했다. 총무를 가리키며 인사를 하라는 것이다. 창식은 서정욱 총무를 보고는 깜짝 놀랐다. 몸집도 몸집이지만 마치 절을 지키고 있는 사천왕처럼 험한 인상이었다. 서정욱 총무는 보통 사람보다 두 뼘이나 껑충한 키에, 햇빛에 그을려 피부는 검게 반짝이는데다가 입술마저 검은 빛이었다. 한쪽 눈이 없는 애꾸였는데 그쪽을 안대나 머리카락으로 가릴 생각도 없이 말린 대추처럼 쭈글쭈글해진 상태로 둔 것이 놀라웠다. 창식은 피부로 뒤덮혀 버린 총무의 텅 빈 눈을 유심히 보았다. 그 눈을 통해 울리는 서정욱의 목소리가 동굴 속 울림처럼 들렸다.

"이리 와 봐라."

둘이 어리둥절해서 쭈뼛거리자 서정욱은 담배가 담긴 곰방대를 빨며 담배 연기를 창식과 왕규에게 후욱 뿜어냈다.

"요 녀석들 봐라? 얼른 못 오나!"

놀란 창식이 먼저 서정욱 총무에게 다가갔다. 총무가 어깨와 다리통을 만져 보았다.

"너는 일 좀 해본 거 같은데……."

"약국 배달 일을 했시오. 그 전에도 고향에서 지게 지는 일이라면 이력이 났습네다."

"고향이 어딘데?"

"북청이외다."

"호오, 그럼 북청물상회를 가 보지 그랬냐? 거긴 너희 고향 사람들이야."

"개똥이가 고바우물상회가 좋다고 여기로 자꾸 오라고 해서요."

"서정욱이 좋아서 그런 게 아니고? 개똥이 덕에 쌩쌩한 아이들이 들어온 거구만?"

왕규의 다리를 보면서 서정욱 총무가 말했다.

"너도 몸집을 보니 물 깨나 나르게 생겼다."

"창식이보다야 더 잘할 수 있어요."

총무가 왕규를 보며 빙그레 웃었다. 험악한 첫인상과는 달리 하얀 이를 드러내며 웃으니 확 달라 보이며 고운 심성이 드러나는 것 같았다.

"그런데…… 이렇게 일자리가 귀한 때에 여기는 일이 한창 바쁘고 월급이 좋다 보니 오만 떨거지들이 다 오거든. 새로 들어와서는 단골들 다 떨궈 놓고 가 버리기 일쑤

라. 그래서 시험을 봐야 쓰겠어."

창식과 왕규는 동시에 개똥을 돌아보았다. 창식은 뭐냐는 뜻으로 눈썹을 꿈틀거리며 개똥이에게 눈짓을 했다. 개똥이 적극적으로 불러들이는 바람에 쉽게 받아줄 줄 알았는데 의외로 까탈스럽게 뽑으니 긴장이 되었다. 하지만 서총무는 셋의 표정이나 행동은 본체만체하면서 할 말을 다 했다.

"고바우에서 물일을 할 거면 내 얘기 잘 들어라. 창식이는 여기서 일하려면 사투리 고치고 경성 말 써라."

창식은 고개를 갸우뚱했다.

"왜요?"

"양철통 쓰는 깡꾼이랑 나무 물통 쓰는 통꾼이 워낙 사이가 안 좋은데 깡꾼들 대부분이 함경도 사투리를 쓴다. 괜한 오해받지 말고 말투를 고쳐."

"예."

창식은 다소곳하게 대답했다. 약국을 그만두고 온 마당에 이곳에서 터를 잡고 돈을 벌어야 한다는 생각뿐이었다.

"그리고, 여기는 나이대가 20대부터 40대 남정들이 많

아. 너희는 몸이 단단해서 문제는 없어 보이긴 한다만 그냥 들여보내면 내부에서 말이 많을 거야, 임무를 줄 테니 당일치기로 물을 팔아 와."

"구걸을 하라고요?"

왕규가 눈을 둥그렇게 뜨고 서 총무를 바라보았다.

"구걸이라니? 물 행상을 하라는 거야. 진고개 중턱에 가면 지난번 호열자로 폐쇄된 한우재란 우물이 하나 있어."

"거기서 물을 팔라고요?"

"그래. 너희 둘이 그 앞에 앉아 남산 부엉바위 물을 길어다 팔아. 부엉바위 물은 경성에서 가장 알아주는 맛있고 좋은 물이야. 호열자가 기승을 부리는 게 물을 타고 오는 거라는 소문이 돌아 좋은 물을 먹겠다는 사람들이 많아. 물지게는 빌려 줄 테니 나가서 팔아 봐. 물을 못 팔면 너희들 면접은 없었던 일로 할 거다."

"에이, 말도 안 돼요. 사람들이 낯선 물꾼들한테 그렇게 선뜻 물을 사 먹겠어요?"

"그러니까 해 보라는 거 아냐, 임마. 장사할 줄 모르면 이 일은 오래 못 해. 깡꾼들이 우리를 밀어내고 있는데 버틸 수 있을 거 같으냐? 하기 싫으면 지금 당장 그만둬. 우린 가는 사람 안 잡는다."

총무는 곰방대를 탁탁 털며 모닥불 쪽으로 걸어갔다. 모닥불 가에 머리를 올백으로 넘긴 신사가 불을 쬐고 있었다. 퉁퉁한 얼굴로 총무를 불렀다. 개똥이 아이들에게 신사가 물상회 조합장이라고 알려주었다. 물상회의 주인이었다. 그는 세 사람에게는 관심도 없이 서 총무에게 뭐라고 한참 명령조로 떠들었다.

조합장은 물장수 출신이라는 말이 무색할 정도로 치장을 하고 있어 딴 세계에서 온 사람 같았다. 서정욱 총무는 알아들었다는 듯 고개를 숙이며 대꾸했다. 개똥이 눈빛을 반짝이며 눈 맞춤을 시도했지만 조합장은 아이들에게는 눈길도 주지 않고 나가 버렸고 총무도 할 말은 다 했다는 듯 검정 고무신을 벗고 맨발을 불에 쪼일 뿐이었다. 물꾼들이 갑자기 부산하게 움직였다. 뭐라도 얻어먹으려면 이제 곧 배달을 시작해야 할 것이다. 밥 때 물을 나르면 밥 한 끼는 얻어먹을 수 있었다. 그것으로 물꾼들은 아낀 밥값을 보태서 가족들을 부양했다.

"정욱 총누요(총무요), 쟤네들 제가 확실히 책임질 수 있어요. 정말 확실한 녀석들이라니까요. 그냥 일하게 닫아

(받아) 주세요, 네?"

개똥이 헤헤거리며 사정했다.

"조른다고 될 일이 아니지! 조합장님도 사람 잘 가려 뽑으라고 그러잖니? 지금 물꾼을 하겠다고 줄 선 장정들이 한둘이 아닌데 새파랗게 어린놈들을 뽑는 데는 근거가 있어야 하지 않겠니? 근거도 없이 먼저 뽑을 순 없는 거야."

그는 모닥불가에 널어 두었던 버선을 탁탁 털었다. 험악한 인상으로 입을 꾹 다물고 있으니 더 이상 누구도 말을 붙일 수 없었다.

"그럼 물을 팔아오면 되는 겁네까?"

창식이 물었다.

"그래. 돈은 4시까지 내고 가라. 미스 김이라고 조합장 조카인 경리가 있어. 아침에 나와서 4시까지 있으니 그때 와서 내고 가면 돼."

주먹만 한 자물쇠로 창고 문을 잠근 후 총무는 깡통 화로에 남아 있는 장작과 재를 마당에 갖다 버렸다. 아직 살아 있는 불꽃에는 모래를 뿌렸다.

"먼저 간다."

쭈글쭈글한 눈구멍으로 희고 가느다란 담배 연기가 새

나왔다.

서정욱 총무가 가 버리자 잔뜩 얼어있던 창식은 개똥의 등판을 탁 쳤다.

"뭐네, 호랑말코 자식아. 너만 믿고 약국도 그만둔다 했는데 이제 우리 어떡하란 말이네?"

금방 취직이 될 줄 알았던 창식은 왕규까지 괜히 끌어들였다고 생각하고 있었다. 둘 다 망했다는 생각만 들었다. 가뜩이나 맘을 못 잡고 있는 애를 망쳐서는 안 되는데 이게 웬 날벼락인가 싶었다.

"기다려 와(봐)! 일두러(일부러) 그러는 거야. 원래 저런 운이(분이) 아니라고."

"아니긴 개뿔. 우리 둘 다 책임져."

"왜 나한테 그래 자식아. 내가 이따가 다시 한던(한번) 슬쩍 떠올게(떠볼게)."

물지게를 골라 지고 행상을 나가게 되었지만 과연 몇 동이나 팔 수 있을지 걱정이 태산이었다. 그런데 막상 우물 앞에 앉아 물 행상을 해 보니 지나가던 사람들이 창식과 왕규에게 다가와 물을 사 주었다. 둘은 번갈아 물을 길어 대며 쉽게 돈을 벌었다.

한나절이 지난 후 창식은 물을 파는 게 문제가 아니라는 걸 알게 되었다. 물은 잘 팔렸다. 이미 수도 시설이 놓이고 있었지만 아직 충분치 않았기 때문이다. 문제는 물지게꾼끼리의 알력 다툼이었다. 물을 대 먹는 집은 정해져 있었고 돈이 된다는 소문을 타고 물장수를 하려는 사람들은 여전히 많았다. 배달 일은 물지게와 통을 개인이 사서 시작하기 때문에 장비값을 다 낼 때까지는 돈이 계속 들어갔다. 그러다 보니 물꾼들의 경쟁은 이만저만이 아니었다.

"부엉바위 물 드세요!"

"맛 좋고 속도 뻥 뚫립니다!"

창식과 왕규가 한창 물 행상에 신이 나 있을 때 깡꾼 두 명이 다가왔다.

"거, 어디 물꾼들이요?"

청색 두건을 보고 한눈에 깡꾼이라는 걸 알 수 있었다. 물꾼들은 신분을 나타내려고 통꾼은 나무 물통을 지고 흰 수건을 두르고, 깡꾼들은 양철 물통을 지고 청색 수건을 두르고 다녔다. 그들도 창식과 왕규가 매고 있는 흰 수건과 나무 물통으로 대번에 신분을 알아본 것 같았다.

"저흰 진고개 쪽에 주로 물 배달하고 있는 고학생들이에요. 이번에 이곳 우물이 폐쇄됐다고 해서 와 봤어요."

왕규가 능청스럽게 대답했다.

"따박따박 말은 잘 하네?"

깡꾼들은 머릿수건을 목에 걸고 왕규 곁으로 다가왔다. 개똥과 창식이 막아섰으나 솥뚜껑만한 손으로 둘을 물리치고 왕규가 메고 있는 지게봉을 내리 눌렀다. 갑자기 우두둑 소리가 나면서 왕규가 앞으로 고꾸라졌다. 몸집이 큰 천하의 왕규라 해도 성인 남자 둘이 갑자기 달려드는 데는 역부족이었다.

창식이 물지게를 내려놓고 그들에게 달려들었다. 왕규는 고통스럽게 신음을 흘리다가 아이처럼 엉엉 울었다.

"왜 사람을 칩네까?"

창식이 물지게를 뒤로 치우며 소리를 질렀다.

"잠깐 어깨 좀 쓰다듬은 걸 가지고 뭘 정색을 하고 그래?"

깡꾼 한 명이 말을 마치자 다른 한 명이 지팡이로 물통을 신나게 두드렸다. 드럼통을 자르고 붙여 만든 깡통은

꽹과리만큼 요란한 소리를 냈다.

"너도 쓰다듬어 줘? 이 거지 새끼야."

거침없이 던지는 말에서 날카로운 적의가 느껴졌다.

"여긴 우리 구역이야. 우물 폐쇄되고 이제부터 우리 북청물상회 구역이라고. 어디서 개뼈다귀들이 몰려온 거야? 빨리 꺼지라. 계속 얼쩡거리면 뼈를 발라 버릴 거이야."

창식은 언뜻 고향 사투리를 들은 것 같았다. 이놈들이 그 독하다는 북청물상회 깡꾼들이로구나. 북방의 추위 속에 단련된 매서운 기운이 확 끼치는 것 같았다. 지겟작대기를 휘두르며 달려드는 장정들에게 창식 혼자 대항할 수는 없었다. 창식은 그들의 얼굴을 유심히 보았다. 얼굴에 난 상처와 날카로운 눈매와 사나움이 그대로 드러나는 말투들. 그대로 들이받았다가는 자신도 왕규처럼 나동그라질지도 모른다.

"갈게요. 살려주시라요!"

창식은 왕규쪽으로 나가가면서도 물지게와 물통을 뒤로 빼놓았다. 망가뜨렸다간 고스란히 자신들이 갚아야 할 빚이기 때문이다.

"빨리 안 가간? 너네 고바우물상회 것들이지? 정욱이 놈이 시킨 게 틀림없어!"

"아니에요. 그냥 저희끼리 왔다고요."

"웃기지 말라. 머리에 피도 안 마른 애송이들이 죽을 생각이 아니믄 새 구역에 이렇게 들어올 리가 없어. 빨리 말 안 하간? 그 새끼는 주인이 딴짓을 그렇게 하는데도 멍청하게 뭘 그렇게 충성을 다하는 거야? 앙?"

바람을 가르는 소리가 요란해지며 딱 소리와 함께 창식의 머리가 아찔해졌다. 코에서 훅 뜨거운 김 같은 게 빠져나갔다. 지겟작대기로 연거푸 맞아 코피가 주르르 흘러내린 것이었다. 정신을 차리고 코피를 닦는데 순사들의 호루라기 소리가 들렸다. 소리에 놀란 깡꾼들은 창식과 왕규를 놔둔 채 골목으로 튀어 달아났고, 왕규는 한쪽 어깨를 잡고 가늘게 신음을 내뱉고 있었다.

호각 소리가 아니었다면 둘 다 늘씬하게 맞아 정신을 잃었을 것이다. 창식은 왕규 윗옷을 벗기고 어깨를 살펴보았다. 벌겋게 달아오른 데다 지게를 매는 자리가 퉁퉁 부어올라 있었다.

"왕규야. 괜찮아? 걸을 수 있네?"

신음 속에서 으으응, 하는 소리가 들렸다.

"집으로 갈까?"

"싫어. 집에는 안 가."

"너 왜 그러네? 어깨뼈에 금 갔을 수도 있어. 아까 우두둑 소리 나는 거 너도 들언? 무리하다간 일이고 뭐고 불구로 살아갈 거이야."

"형……."

"왜?"

"규명약국으로 가."

왕규가 처음으로 창식에게 형이라고 했다. 뼈가 상한 게 아닌지 불안하기 짝이 없었다. 얼굴에 범벅이 된 코피 때문이 아니라 왕규 걱정 때문에 머리가 더 어지러웠다.

'얘는 무엇 때문에 집을 나와 이런 고생을 하는 것일까?'

자신과 같이 엄마가 다른 세상으로 가 버린 사람도 있는데, 풍요로운 집과 떵떵거리는 부모, 뭐 하나 부족함이라곤 없어 보이는데도 왕규는 마음을 잡지 못하고 있었다. 창식은 아무것도 없는 자신을 의지하는 왕규가 안쓰러웠다.

결국 왕규의 말대로 창식은 규명약국으로 향하기로 했다. 지게를 지고 갈 수가 없어 맡길 곳을 찾아보았다. 규명 영감님은 쌀쌀맞기는 하지만 다친 사람을 모른 체할 정도로 인정머리 없지는 않았다. 창식을 보아서라도 손을 써주기는 할 것이다. 더 큰일이 나기 전에 그쪽으로 가는 게 나을 것 같았다.

지게와 물통은 어디다 놓는담? 창식은 우물 곁 쓰러져 가는 초가로 들어갔다. 담장도 없는 초가들이 옹기종기 모여 있었다.

"계십네까?"

대답이 없다.

"안에 누구 없습네까?"

방문이 열리고 앳된 사내아이가 얼굴을 내밀었다. 사내아이는 창식이를 보고는 밖으로 튀어나왔다. 아이 뒤로 상투를 튼 노인이 보였다.

"뉘를 찾누? 여긴 늙은이밖에 없는데……."

노인이 의심 가득 찬 목소리로 창식에게 말했다.

"저휜 물 팔러 나온 물꾼들이야요. 어깨를 다쳐 약국으로 가려고 하는데 물통들을 맡길 곳이 없시요. 할아바지 이것 좀 잠깐 맡아주시라요."

창식이 물지게와 나무 물통을 들어 보였다.

"에이, 딴 집에 맡겨. 도둑이라도 맞으면 어쩌려고?"

"사람이 다쳐서 빨리 가야해요."

"지나가던 놈들이 막 들어와서 몽당 빗자루도 가져가는 마당에 그 지게랑 물통은 값이 나가보이는데……."

귀찮은 일을 맡고 싶지 않다는 표정이었다.

"할아버지, 제가 망을 볼게요."

귀엽게 생긴 아이는 물지게를 만져 보고 어깨에 져 보면서 호기심 어린 표정을 지었다.

"이거 비싼 거 같은데……."

아이가 감탄하며 중얼거렸다.

"맞아. 근데 지금 가져갈 수가 없으니 부탁 좀 하자우."

"알았어요. 얼른 가 보세요."

신기한 듯 지게를 지고 물통에 고리를 끼우는 아이를 보니, 창식은 걱정이 되었다. 절구통에 기대 있던 왕규가 또 신음을 했다. 아이가 물지게와 물통을 부엌 쪽으로 옮겨 주었다.

"저한테 맡기세요. 얼마 전 호열자 때문에 이 동네에서만 다섯 명이 죽어서 동네 인심이 아주 흉흉해요."

"고맙다."

"내일 꼭 찾으러 오세요."

창식은 왕규를 부축해서 규명약국으로 향했다. 물지게와 물통 네 개가 불안하긴 했으나 어쩔 수 없는 일이었다.

7

물지게를 지다

다음 날, 한우재 옆 움막에 가 본 창식과 개똥은 물지게와 물통이 모두 사라진 걸 보고 털썩 주저앉았다. 물통 고리만 처마 밑에 덩그라니 누워 있었다. 깡꾼들에게 습격을 당한 그날 밤 물지게와 물통이 사라졌다는 거였다. 그 이야기를 전해준 것은 쌀쌀맞은 모르쇠 노인이 아니라 손자 아이였다. 아이는 흥분해서 그날의 일을 자세히 알려주었다.

“가져가는 걸 직접 본 거냐?”

“그렇다니까요.”

아이가 흥분해서 떠들었다. 순진한 것 같긴 하나 지나

치게 심심해 보이는 아이였다.

"두 사람이 들쳐 메고 가던데 보니까 바지춤에 파란 띠가 보였어요. 그게 깡꾼이란 뜻이잖아요. 맞죠? 달빛이라 흐릿했지만 파란 띠인 것만은 확실했다고요."

"아! 어떡해. 그걸 물어내려면 월급은커녕 전당포에 살림 다 잡혀도 감당 못 하겠다."

창식이 머리를 쿡쿡 박았다. 그때 아이가 말했다.

"근데 형님들, 통꾼은 깡꾼만큼 못 벌죠? 사람들이 깡꾼들 물이 더 위생적이라던데요."

"누가 그래? 몰라서 그렇지 원래 깡통에 담는 물보다 나무통에 담은 물이 더 맛이 있는 법이야."

창식이 버럭 소리를 질렀다. 통꾼 일을 시작한 건 아니지만 깡꾼이라면 벌써 치가 떨렸다.

"그게 아니라, 돈벌이가 더 좋냐고요."

"깡꾼들이랑 비교가 되겠니? 거긴 눌 도사(물 도사)들이야."

개똥도 깡꾼을 몹시 부러워했다. 북청물상회에서 안 받아 주어 못 갔었기 때문이다.

"그럼 거기다 단골들 소개해 줘야겠네."

"뭐냐, 지금 우리 간 보는 거임?"

창식이 화를 냈다.

"그러니까 저 좀 일하게 해 달라고요."

"알았어 자식아. 얼른 크기나 해. 내가 총누닌(총무님)한테 얘기해 놓을게."

개똥이 아무렇게나 헝클어진 아이의 머리를 쓰다듬어 주었다.

"근데 너도 통꾼들 물이 더 위생적이라고 말해 줘야지."

창식은 개똥을 거들었다.

"그렇다 해도 경성 사람들은 깡꾼들 물이 더 좋다고 생각하던데요."

"우리도 눌에(물에) 병균이 들어갈까 봐 눌통을(물통을) 얼나나(얼마나) 신경 쓰는데……."

개똥이 불만에 찬 표정으로 말했다.

"저도 키가 더 크면 물꾼이 돼서 돈 많이 벌 거예요. 금광을 따라다니는 건 노름판 기웃거리는 거랑 같은 거라면서요."

열두 살 어린애가 금광 열풍도 알고 세상 물정을 뚜르르 꿰고 있는 것 같았다.

"제가 이 동네는 꽉 잡고 있거든요. 열 집은 소개해드릴 수 있다고요."

순간 개똥의 눈이 반짝거렸다. 아이의 어깨를 잡고 핥아줄 듯이 반가운 얼굴로 말했다.

"정날(정말)? 생각난(생각만) 해도 행옥하다(행복하다). 열 진이면(집이면)…… 우리들 잊도(빚도) 다 갓게(갚게) 되고 월긋도(월급도) 확 뛰는 거야."

"그 대신 저도 취직시켜 주세요, 네?"

"내가 하는 게 아니야. 서정욱 총누한테(총무한테) 부탁해. 그건 우리 난대로(맘대로) 되는 게 아니거든. 내가 얘네들 취직시켜 주려다 이 노양이(모양이) 된 거거든."

창식은 집 안을 들여다보며 그날 밤 만났던 노인을 찾아보았다. 노인은 해꼬지를 당할까 걱정이어서 그런지 방 안에서 나와 볼 생각도 하지 않았다. 사람들 앞에 나서는 법이 없고 해를 당할까 살피다가 먼저 피하고 보는 사람인 것 같았다.

"너 부모님은 안 계시니?"

"예."

"왜?"

"뭐, 얼마 전부터 산 위에 누워 계시거든요."

창식은 말귀를 못 알아듣고 아이에게 다시 물어보았다.

"무슨 말임?"

개똥이 혀를 차면서 창식을 보았다.

"호열자 때눈에(때문에) 돌아가셨다는 거지, 너는 그것도 늣(못) 알아 듣냐?"

개똥은 소년의 머리와 볼을 꼬집어 주었다. 창식은 누구에게나 마음을 열고, 과거에 연연하지 않고 훌훌 털어버리는 개똥의 심성이 너무 부러웠다. 하지만 자신은 취직자리도 날아간 마당에 물지게 값까지 물어주게 생겼으니 좋은 심성을 찾을 때가 아니었다.

"이 깡꾼논들(깡꾼놈들) 찾기만 해 봐. 확 그냥!"

"확 그냥 같은 거 안 해도 되니까 도망치지나 말아."

"내가 언제 도앙을(도망을) 갔냐? 촌닭아."

개똥은 머리를 긁적이며 눈웃음을 흘렸다.

창식은 방에 벌렁 누워 머리를 굴려 보았다. 물지게를 잃은지 사흘이 지났다.

물지게를 내놓으라고 깡꾼들을 찾아갈 수도 없는 노릇

이고 물 행상으로 번 돈은 이미 왕규 치료비로 다 써 버렸다. 착실히 나가던 약국을 뿌리치고 돈 욕심을 부리다가 손가락을 빨며 지내게 생긴 것이다. 다른 일자리를 찾자니 성에 차지 않았다. 다른 물상회에 가 보아야 하나 어쩌나 생각이 많아서 큰 짐을 이고 있는 것 같이 머리가 무거웠다.

심란한 마음으로 저녁밥을 먹는 둥 마는 둥 누워 있는데 안집 개가 요란하게 짖어 댔다.

"창식아!"

누가 자신을 부르는 것 같았다.

"창식아!"

방에 누워 있던 창식은 문을 열었다. 문밖은 벌써 먹지 같은 어둠이 배어들고 있는 중이었다. 누가 부르나 두리번거렸는데 개똥이었다.

서정욱 총무가 개똥을 보낸 것이다.

"야, 총누닌(총무님)이 오랜다. 할 거야? 날(말) 거야? 눌지게(물지게)를 잃어 어려서(버려서), 월긋에서(월급에서) 뗄 거래."

개똥은 급히 왔는지 숨을 몰아쉬며 말했다.

"물지게 값이 만만치 않을 텐데…… 그래도 되나?"

"총무인 정욱 아재가 그러라넌(그러라면) 그러는 거지. 너희를 잘 온(본) 것 같아. 왕규한테 날해서(말해서) 같이 와."

"걔가 다시 올까 모르겠다. 약국 영감님 말로는 뻬랑 근육이 다 놀라서 자리를 잡으려면 보름은 더 걸릴 것 같다고 그러던데……."

"그럼 너라도 와. 대닷이(대답이) 엇으면(없으면) 바로 다른 사란(사람) 똔을(뽑을) 거야. 지금 눌꾼(물꾼) 인기가 하늘을 찌르잖아."

"알았어."

개똥에게 당장 가겠다는 뜻을 전하고 창식은 옷을 챙겨 입었다. 왕규가 뛸 듯이 기뻐할 것이다. 일을 바로 시작할 수 있는지 알아보러 집으로 얼른 찾아가 봐야겠다고 생각했다.

창식은 아버지에게 쪽지를 남겼다.

'아버지, 정연 고모네 왕규가 다쳐서 병문안 가요. 늦을지도 몰라요.'

깡꾼들이 왕규를 덮친 날, 숫을대문 집으로 갔을 때 창식은 왕규의 새어머니를 처음 보았다. 정연 고모를 내쫓고 왕규네 집에 들어온 사람이었다. 새어머니는 만삭의 몸으로 천천히 움직였는데 얼굴이 내지인처럼 희고 표정이 싸늘했다. 길고 가는 눈이 신경질적으로 보였는데 미간을 찌푸린 채 바라만 볼 뿐, 왕규에게 어디가 아픈지 왜 다친 건지 한마디도 묻지 않았다. 싸늘한 기운에 창식은 몸을 부르르 떨었다. 새하얀 털을 가진 고양이만 새어머니 곁에 서성대다가 마루에서 뛰어내려 왕규 근처를 어정거렸다. 왕규가 거칠게 한쪽 발로 땅을 구르자 꼬리를 바짝 세우고 뒤곁 쪽으로 가 버렸다. 집 안 어디에도 아픈 왕규를 감싸 줄 사람은 없어 보였다. 창식은 왕규를 부축해서 왕규 방으로 들어갔다.

"옴팡 할멈. 쟤 따라가 봐. 이번에는 또 무슨 짓을 하고 온 건지, 꼬락서니하고는."

정이라고는 한 톨도 섞이지 않은 말투였다.

왕규는 계속 창식에게 가지 말라고 부탁했다. 집안일을 돕는 옴팡 할멈이 차가운 수건으로 왕규 어깨에 찜질을 해 주고 약국에서 준 탕약도 달여 주었다. 하지만 다친 곳이 하루 이틀 만에 금방 나을 것 같지 않았다. 창식은 아이처럼 징징거리는 왕규를 물리치고 솟을대문 집을 나왔다.

'녀석, 안됐네.'

창식은 왕규네 묵직한 대문을 닫으며 왕규의 쓸쓸한 얼굴을 떠올렸다. 왕규가 왜 집을 나오려하는지 아주 조금은 알 것 같았다.

며칠 만에 다시 찾아간 솟을대문 집은 왕규 새어머니의 출산을 앞두고 부산하게 움직이고 있었다. 창식을 맞은 왕규도 의외로 밝은 표정이었다.

"창식아, 웬일로 우리 집엘 온 거야?"

"고바우물상회에서 내일부터 나오란다. 넌 어떡할래?"

왕규는 놀란 표정을 짓더니 이내 창식 목을 끌어안았다.

"어떻게 얻은 일자린데……. 나도 꼭 나가야지."

"그럼 내일 조합으로 와. 마침 단합 대회 날이라 새벽 배달 마치고 오전엔 같이 놀고 점심에 고기도 줄 건가 봐."

"괴기라고? 벅고 잡다, 먹고 잡다. 헝."

"나도 내일 옷이랑 짐을 물방에 다 갖다 놓으려고."

"그럼, 오늘 나랑 여기서 자고 같이 가자."

"왜?"

"나도 약방에서 같이 자 줬잖아. 오늘만 우리 집에서 자 주라, 형!"

"네가 형이라고 부를 땐 뭔가 부탁할 게 있는 날인 게야."

"맞아. 히힝."

창식은 아버지에게 자고 온다고는 안 한 것이 걸렸다. 하지만 앞으로도 아버지 방에 머물 일은 많지 않을 것이다. 하루 당겨진 것뿐이었다. 그래서 왕규에게 그러마고 대답하고 말았다.

저녁식사로는 말로만 듣던 청어 반찬에 흰쌀밥이 나왔다. 청어는 가난한 사람들은 구경도 할 수 없는 고급 반찬이었다. 창식이 청어를 먹어본 건 아버지 생일날 후미코 누나가 얻어다 준 한 조각을 아버지와 나눠먹은 것이 처음이었다. 한약재를 배달하러 진고개를 넘을 때면 어느 집에선가 청어 굽는 냄새가 나곤 했는데 그런 날은 집안의 경사가 있는 날이라고 짐작하곤 했다. 그 냄새를 맡으면 창식은 자전거를 멈추었다. 돌아가신 엄마와 살던 작은 집이 떠올랐기 때문이었다.

왕규가 살고 있는 장판방은 밤새도록 식지도 않고 따끈

따끈했다. 습하고 추운 삿자리 깐 방과는 비교가 되질 않았다. 옴팡 할멈이 깔아 준 비단 이불에 온몸이 훈훈해지는 느낌이었다. 오랜만에 따뜻한 잠자리에 든 창식은 꿈에서 고향 친척들과 소길 형을 보았다. 마지막 본 날로부터 벌써 사 년이 넘게 흘렀다.

"일어나. 이제 가야 해."

장짓문 밖은 아직 어둠인데 왕규는 벌써부터 옷을 싸고 있었다.

"아직 어둡잖네."

창식은 장짓문 밖 너머 어둠을 가늠해 보았다.

"아버지 일어나기 전에 가야 한다고. 못 가게 가둬 놓을게 뻔한데 뭘."

왕규는 가방과 간단한 옷가지를 보따리로 만든 후 등에 단단히 묶었다. 그러고는 어둑한 방을 한번 훑어보았다. 어스름하게 보이는 옷궤와 작은 책상, 친엄마가 수놓은 두 짝짜리 병풍까지도 떠나려니 다르게 보이는 듯 자꾸 방을 둘러보았다.

"형, 나 여태껏 이 방을 한 번도 떠난 적 없었다. 그래서 날이 밝으면 더 못 갈 거 같아."

"……."

창식은 왕규와 가출 공범이 된 것 같은 찜찜함 때문에 아무 말도 하지 못했다.

마당으로 나오니 어둠 속에서 움직이는 고양이의 흰 몸뚱이가 보였다. 거리에서 보는 보통 고양이가 아니었다. 윤기가 나는 털은 한 치의 흐트러짐도 없었고, 태도마저 도도했다. 어둠 속에서 고양이의 눈은 푸른 광채를 띠고 있었다.

"이 짐 좀 가지고 있어."

"뭘 하려고?"

왕규는 행랑채 옆에 있는 서재 쪽으로 뛰어 들어갔다. 아버지의 서재에는 총독부에서 받은 금빛 훈장이 세 개나 있다고 하더니, 결국 그것들을 꺼내 들고 나왔다.

"왜 그러는 건데?"

분주히 움직이는 왕규를 창식이 놀란 눈으로 바라보았다.

"이게 아버지를 망쳐 버렸어. 훈장이 다 무슨 소용이야?"

"꼭 그렇게까지 해야겠어?"

"형, 난 다시는 돌아오지 않을 거야. 이 더러운……."

"……."

우물 속으로 풍 소리를 내며 훈장들이 빠졌다. 고양이가 지켜보다가 후다닥 도망갔다.

창식은 사실 마음속 깊이 왕규를 질투하고 있었다. 왕규는 창식 자신이 간절히 원하는 부유한 부모를 가지고 있었다. 비록 명예롭지는 않았지만 말이다. 부가 있다면 중학교를 다닐 수 있었고 또 다른 미래를 꿈꿀 수 있을 거라 생각했다. 하지만 왕규를 보니 그게 다는 아닌 모양이었다. 솟을대문을 나오자 희붐하게 날이 밝아오고 있었다.

창식은 자전거 뒷자리에 왕규를 태우고 청계천변을 지나갔다. 안개가 낀 개울가에서 벌써 빨래 방망이 소리가 들린다. 개울 한쪽 편에서 옷을 삶고 있는 여인네들의 숨넘어가는 웃음소리. 창식은 이런 새벽 풍경이 가장 좋았다. 싸한 느낌 속에서 새로운 기운도 느낄 수 있었기 때문이었다. 창식은 왕규가 집을 떠나면서 탄식처럼 읊조린 말이 머릿속에서 떠나지를 않았다.

'더러운……. 더러운…….'

우물 속으로 떨어지는 금빛 훈장이 떠올랐다. 만약 자신이 왕규였다면 따뜻한 잠자리와 풍족한 밥상을 내던질 수 있었을지 의심스러웠다. 늘 어린애 같다고 생각한 왕규의 마음속에 의외의 꿋꿋함이 자라고 있는 것 같았다.

8

윤왕규와 안정연

고바우물상회로 찾아간 창식과 왕규는 손 흔들고 있는 개똥을 보고 축대 쪽으로 갔다. 물장수들은 흰 천을 두르거나 목에 걸고 있었다. 올이 굵고 땀이 잘 닦이는 무명천이었다. 옹기종기 모인 사람들은 손자까지 본 중늙은이에서부터 창식 또래까지 다양했다. 개똥의 곁에 곰방대를 물고 있는 서정욱 총무가 있었다. 서 총무가 물꾼들에게 창식과 왕규를 소개해 주겠다고 했다. 그러자 왕규가 서 총무한테 자신의 이름을 안정연으로 말해 달라고 귓속말을 했다.

"뜬금없이?"

창식은 묻고 나서 생각해 보니 왕규의 두려움이 짐작되었다. 왕규 아버지인 윤치관이 나날이 출세 가도를 달릴수록 이웃들은 왕규네 집 사람들을 더 싸늘하게 대했다. 테러에 대한 두려움 때문에 윤치관은 주재소에 더 잦은 순찰을 요청하기도 했다. 윤치관이 왕규를 찾고, 사람들이 왕규가 윤치관 아들이라는 걸 알게 된다면, 왕규도 무사하기 힘들었다.

사정을 모르는 서정욱은 시큰둥하게 말했다.

"이름이 좀 어렵지 않냐?"

"저도 부탁드리겠어요."

창식은 오늘 새벽의 일을 다시 떠올리며 서 총무에게 말했다.

왕규는 아버지의 솟을대문 집을, 아니 그 집에 살고 있는 사람들을 거부하고 있는 것 같았다. 어차피 큰 가족 행사 때면 왕규는 옴팡 할멈 집으로 보내지곤 했다. 이제 왕규가 가족을 등지려는 것일까. 창식은 어머니의 이름으로 일을 시작하려는 왕규의 마음을 헤아려 보았다.

"여러분, 오늘 우리 조합에 신참으로 창식이랑 정연이가 들어왔습니다. 하루 동안 물을 열다섯 통이나 팔았으니

자질이 있는 물꾼인 셈이죠. 깡꾼놈들이 급습을 해서 정연이 어깨도 으스러뜨리고 물통까지 빼앗아갔는데 계속 일하겠다고 나왔으니 우리 조합이 북청물상회를 누르고 최고가 될 것 같습니다. 안 그렇습니까?"

어린 통꾼을 해친 깡꾼들에 대한 험한 욕설들, 그리고 어린애들이 얼마나 버티겠냐며 비아냥거리는 소리가 뒤섞여 들려왔다.

"이제 신나게 놀고 맛난 거 들고 가십시다!"

무리 속에서 옳소 하고 외치는 소리를 시작으로 고바우, 고바우, 서정욱, 서정욱 하는 떼창이 울리고 흥이 오르기 시작했다.

'어리다고 우릴 깔보고 있구나. 흥, 어림없지.'

살아남아야겠다는 오기와 무능한 아버지에 대한 원망이 뒤범벅되어 창식의 가슴이 뜨끈뜨끈해졌다. 왕규는 아직 낫지 않은 어깨를 주무르며 사무실로 들어갔다.

다들 제기차기 시합을 한다고 대열을 짓고 있었다. 창식은 제기를 찰 기분은 아니었지만 같은 일터 동료들의 얼굴은 익혀야 했으므로 두 줄로 마주 본 사람들 틈에 끼었다. 연습 삼아 제기를 짝꿍끼리 번갈아 차며 굳은 다리를 풀어 주었다.

먼저 맨제기로 편을 겨루었는데 맨제기는 땅강아지라고 부르기도 하는 가장 일반적인 제기차기였다.

창식의 고향인 북청에서는 개칙구를 주로 차는데 개칙구와 맨제기는 차는 방법이 달랐다. 개칙구는 제기 차는 발을 땅에 대지 않고 공중에서 올렸다 내렸다 하며 차고 맨제기는 발을 땅에 댔다가 올리며 차는 것이다. 창식의 상대가 된 물꾼은 황 씨라는 털보 아저씨였다. 둘은 맨제기로 첫 승부를 가렸다. 덩치가 큰 아저씨는 다리를 날쌔게 올리지 못해 두 번째에서 제기를 땅바닥에 떨어뜨렸다. 실력이 형편없었지만 상관없다는 듯 하하하 웃었다. 그는 계속 이거 어렵네 하다가 결국 기권을 하고 말았다. 황 씨 아저씨는 "에라이." 하며 창식 쪽으로 던져 주었는데 그걸 받은 창식이 찰지게 제기를 올려 찼다. 한두 개를 찰 때는 관심을 보이지 않던 사람들이 100개를 넘어 200개를 향하자 창식 주위로 모여들었다. 눈이 휘둥그레져서는 다른 물꾼들을 부르고 야단이었다.

"애 좀 보오. 아주 능수능란한데. 너 제기차기 선수 아니냐?"

사람들이 모여 창식의 제기차기를 구경했다.

"아닙네다. 익숙치가 않아서 몇 개 못 찰 거 같아요."

창식이 말과는 다르게 200개를 넘어서자 곁에 있던 사람들이 함께 숫자를 세어 주었다.

사람들이 모여 들자 창식은 뒤통수가 뜨끈해지면서 다리 힘이 슬슬 풀려 버렸다. 219개였다.

"와, 219대 1이 뭐야? 우리 편은 쌀 타가긴 글렀네. 우리 편 아재들 미안해유."

황 씨 아저씨는 같은 편 사람들에게 머리를 조아렸다. 부러진 앞니가 살짝 보였다.

"전엔 돼지 오줌보 차고 놀았는데 힘이 되우 드니까 제기로 바꾼 거란다. 이렇게 노니까 서로 얼굴도 알고 좋지? 부상은 쌀이니까 잘해 봐."

"쌀을 준다고요?"

창식은 놀라서 입이 벌어졌다.

"우리 정욱이가 일꾼들을 살뜰하게 챙기거든."

"마침 쌀독에 쌀이 똑 떨어졌는데 제대로 차 봐야겠네요."

따뜻한 국물을 만든다고 마당 한쪽 편에 가마솥이 걸리

고 아낙들이 국거리를 머리에 이고 도착했다.

한 명 두 명 모이기 시작한 무리들은 어느새 서른 명쯤 되는 것 같았다. 사람 수만큼 축대에 걸린 물지게 수도 더 늘어났다. 창식은 물장수들이 모여 있는 것을 처음 보았다. 진고개 근처에서 땀 흘리며 가는 물장수들을 본 적이 있었지만 늘 홀로 바쁜 모습이어서 불쌍한 생각이 먼저 들곤 했는데 함께 모여 웃고 떠드는 모습을 보니, 쾌활하고 기운차 보였다. 일 년에 두 번 이렇게 자리를 만들어 쌓인 이야기를 나누고 맛난 것을 먹는다고 했다. 서 총무는 한쪽에 상으로 줄 쌀을 쌓고 있었다. 하루하루 끼니 걱정을 해야 하는 물꾼들에게는 가장 반가운 선물이었다. 이게 다 서 총무가 계획하고 만들어 낸 행사라니 밖의 사람들이 물상회 주인을 서정욱으로 알고 있는 건 당연한 일 같았다.

아낙들 곁에 아이들이 먼저 모여들고 뒤를 이어 제기차기에서 진 물꾼들이 슬슬 주위를 둘러쌌다. 국자로 젓고 있는 돼지국밥이 끓어오르며 구수한 냄새가 피어 올랐다. 한바탕 먹자판이 벌어질 것이므로 제기차기에서 졌다고 해도 애통해할 일은 아니었다.

왕규는 사무실 안에서 미스 김과 마주 앉아 화롯불을

쬐고 있었다. 조합장은 단합 대회가 열려 물꾼들이 모여 있는 동안 얼굴도 내보이지 않았다. 가끔 전화를 걸어 단합 대회가 어떻게 돌아가는지 수금은 얼마나 됐는지 미스 김에게 확인하는 것 같았다. 미스 김은 누가 김 양이라고 부르면 불같이 화를 냈다. 꼭 미스 김이라고 부르라고 했다. 미스 김은 거울을 들고 파마머리를 만지작거리다가 잠깐 밖을 훑어보고 지루한 표정으로 한숨을 쉬며 앉아 있었다. 새로 한 파마머리가 맘에 안 들었는지 약속 시간까지 너무 많은 시간이 남아 있기 때문인지는 알 수 없었다. 그는 맞은편에 앉은 왕규한테 말을 걸었다.

"얘, 넌 집이 어디니?"

미스 김이 왕규에게 미소를 띠면서 다정하게 물었으나 왕규는 툭 내던지듯 대답을 했다.

"집 없어요."

"어머 어머, 너 고아야?"

"그런 셈이죠."

"희멀건한 게 물꾼 하게 생기진 않았는데 너희 집 얘기 좀 해 봐."

이야기가 더 나오길 기다리는 듯이 자신을 뚫어지게 바

라보고 있는 미스 김 때문에 더 있을 수가 없어 왕규는 사무실을 나왔다. 북적거리는 물꾼들 곁에 붙어 앉아 아무 쪽이나 응원을 했다.

"괜찮은가? 며칠 더 쉴 걸 그랬?"

창식이 왕규에게 물었다.

"안 돼. 그러다 자리 빼기면 어떻게 해?"

"쳇, 그럼 집에 가서 쉬시면 되지요, 도련님!"

"그만해. 난 안정연이니까 딴 사람 앞에서 윤치관 아들이라고 하면 안 돼……, 형."

"너희 아버지가 오늘 우리 집으로 들이닥칠지도 모르는데?"

창식은 훈장을 우물 속에 내버린 일을 생각하고 다시 왕규를 보았다. 아프다고는 해도 왕규의 눈빛은 형형하게 살아 있었다.

창식은 맨제기로 황 씨 아저씨를 이겼으므로 이긴 편에 가서 줄을 섰다. 두 번째 겨루기는 편끼리 나누어 제기차기였다. 개수를 먼저 채우는 쪽이 이기는 것이었다. 정해진 수는 500개였다. 맨제기, 객칙구, 양발차기 세 가지를 다 할 수 있었는데 10개를 넘기지 못하는 선수가 대부분이었지만 200개를 넘게 차는 고수들도 있었다. 창식은 300개도 넘게 차는 고수였다. 서정욱이 창식의 장딴지를 만져보고 감탄을 했던 데는 이유가 있었던 것이었다.

새 일터의 긴장감이 마당에서 한바탕 뛰놀고 나니 눈 녹듯 사라졌다. 자신에게 일과 동료가 생겼다는 것이 새삼 감사했다. 제기차기에서 등수에 못 들었지만 며칠 동안 아버지와 밥해 먹을 수 있는 쌀도 받았고 낯설었던 사람들과 인사도 하게 되었다. 개똥이 일 잘하는 아재들을 소개시켜 줘서 창식은 잘 배우며 일을 시작할 수 있게 되었다. 큰집 머슴 소길이 말고 생전 처음 동료들이 생긴 것이다. 단합대회를 마치고 나니 정말 고바우의 일원이 된 것 같았다. 국밥을 끓이던 가마솥을 함께 치우고 몇 명은 마당을 쓸었다. 저녁 물 배달을 하러 한두 명씩 빠지면서 조합 마당은 평소의 너른 공터로 되돌아가 고요해졌다.

창식과 왕규은 서 총무가 배달하던 단골집을 각각 세 집 씩 소개받게 되었다.

"너희들이 배달할 집들은 나란히 붙어 있어. 한 동네를 우리가 장악한 거야. 혹시 무슨 일이 있으면 서로 교대해 줘라. 내가 이 년이나 공들여 단골로 만든 집인데 깡꾼들한테 뺏기면 가만 안 둘 거야!"

"알갔시오. 두고 보시라요."

"절대 안 뺏겨요!"

창식과 왕규는 동시에 대답했다.

"녀석들, 패기는 맘에 든다."

그는 벽에 붙은 지도에 연필 뒤꼭지로 동선을 주욱 그려 보였다. 남산에서 진고개까지 지도에 지우개밥이 다닥다닥 붙었다.

"요렇게 찾아가면 되는 거야. 빠른 동선을 찾아야 배달을 늘릴 수 있어. 갈 수 있겠냐?"

"어디가 어딘지 길도 모르는데 지도만으로 어떻게 찾아가요……?"

왕규가 툴툴거렸다.

"몇 집 되지도 않는데, 어리광이냐? 나 바쁜 사람이니까 한 번만 같이 가 준다. 어리광은 오늘까지만 받아 주는 거야."

물을 길어오는 곳이 산 중턱이라 산길을 세 차례나 왕복하는 것이 고단할 것 같았다. 개똥이는 하루에 스무 번이나 물을 퍼 나른다는데 그게 사실이라면 체력도 체력인데다 돈도 제법 모았을 것이다. 개똥이처럼 억척스럽게 일할 수 있을까? 창식은 저도 모르게 한숨을 쉬었다.

하지만 어렵게 일자리를 얻은 마당에 이제 더 이상 울며불며 운명을 탓하지 않기로 맘먹었다. 학교를 다닐 수 있게 될 때까지, 아니 졸업을 하게 될 때까지는 불평불만을 묻어 두고 시간과 돈을 모으겠다고 결심했다.

9

진고개 삼총사

창식과 개똥은 물지게를 지고 아침 햇살 반짝거리는 남산길을 내려왔다. 몇 달만에 창식은 제법 물꾼 태가 났다. 왕규는 낮부터 시작하겠다고 다시 잠을 청했지만 둘은 새벽 배달부터 시작했다. 노간주나무 가지에 앉은 새떼들이 소란스럽게 지저귀고 있었다. 물지게를 지고 걸을 때는 보폭과 균형을 유지하는 것이 중요했다. 5분의 1 이상 물이 쏟아지게 되면 물값을 제대로 받을 수 없었기 때문이다. 부엉바위 물은 경성에서 가장 맛있는 물이긴 하지만 물을 배달하는 시간이 멀고 험해 통꾼들이 치를 떠는 구간이었다.

깡꾼들은 시내의 좋은 우물을 사서 그곳에 다른 물꾼들이 얼씬도 하지 못하게 했다. 새로 시작하는 물상회는 물맛 좋은 수원지를 찾으려고 혈안이 되어 있었다. 신생 물상회나 물 행상들은 성문 밖으로 눈을 돌려 수원을 정하고 물을 퍼 날랐다.

언덕 아래 펼쳐진 도로와 작은 점포들은 서서히 깨어나고 있었다. 나무가 우거진 숲 속은 아직 거뭇거뭇한 어둠이 잔상처럼 남았으나 그 밑으로 펼쳐진 혼마치 변두리 길에는 신선한 아침의 활력이 넘쳐흘렀다.

나무를 잔뜩 짊어진 조랑말을 끌고도 흙길을 무른 메주 밟듯 쉽게 걷는 사람, 흙탕길 구덩이에 빠져 곤욕을 치르는 황소와 그 주인, 흙이 잔뜩 묻은 바지에 게다를 신고 전차를 피하려 냅다 달리는 인력거꾼들이 뒤섞여 움직였다.

조금 있으면 도자기, 과자, 책, 약, 이발 따위를 취급하는 점포들이 문을 열 것이다. 점포들 뒤에 선 작은 목재 가옥에서 아낙들이 찬거리를 나르고 있었다. 이내 골목에서 서서히 맛깔난 음식 냄새가 풍기기 시작했다.

큰 가게들에는 내지에서 들여온 신상품이 있었는데 이 물건들은 유럽이나 미국에서 건너온 것들이라고 했다. 도쿄에서 유행한다는 털모자, 일본인이 즐겨 착용하는 고무 반장화, 전통 기모노 들도 팔았다.

그리고 주요 간선로에는 골동상이나 가구상, 안경점, 자개상, 책방, 담배 가게, 구두점, 약초 판매점 등이 보였다.

가게 앞으로 나무 좌판을 목에 걸고서 알록달록한 빛깔의 사탕들을 파는 소행상들도 있었다. 그런가 하면 폐품과 넝마를 지고 다니는 넝마주이들이 집게를 흔들며 전찻길을 가로질러 달려가곤 했다.

개똥은 창식과 헤어져 천변을 타고 종로통으로 걸어갔다. 물통이 흔들릴 때마다 만만치 않은 무게를 알리는 끼익끼익 소리가 지게에서 울렸다. 서 총무에게 가져가면 단박에 소리가 적고 튼튼한 새 지게로 탈바꿈을 할 것이다.

고바우물상회 서정욱 총무는 매력 넘치는 척척박사였다. 다른 물상회가 널려 있었지만 개똥은 서 총무를 믿고 창식과 왕규까지 이곳으로 끌어들였다. 조합장의 조카인 미스 김이 애꾸눈 서 총무를 깔보고 제 멋대로 굴지만 그 또한 잘 달래면서 지내고 있었다. 선 넘지 못하게 윽박지르기도 하고 넉살 좋게 기분을 맞춰 주기도 했다. 서 총무는 고바우물상회의 중심축과 같은 존재였다.

종로통 천변을 따라 보석상이 쭉 이어졌다. 일꾼들이 작은 가게 안에 네다섯씩 모여 망치질을 하고, 술잔에 무늬를 새겼다. 비녀와 머리 장식 따위의 은 장신구들은 며칠 뒤 굿을 벌이는 큰무당이나 결혼하는 새색시를 치장할 것이다.

개똥이 굳이 이 길을 걷는 까닭은 가게에서 일하는 사람들이 물을 대놓고 배달시키지는 않지만 대낮에 의외의 물 행상 수입이 나오기 때문이었다. 낯익은 얼굴들이 보이면 싹싹하게 인사를 했다. 개똥은 몇 년 전 깍정이 패거리들과 돌아다니면서 불렀던 각설이 타령을 낮게 읊조렸다.

"앉은 고리는 동고리, 선 고리는 운고리(문고리), 나는 고리는 꾀꼬리, 뛰는 고리는 개고리……."

벽보 앞에 몰려 있는 사람들이 보였다. 개똥도 사람들 틈으로 벽보를 보다가 타령을 멈추었다. 자신과 똑같은 토끼입 모양을 가진 환자의 얼굴이 붙어 있는 것이었다. 언청이라고 놀림 당하며 자랐지만, 그걸 고칠 수 있을 거라곤 생각해 본 적이 없었다. 그런데 언젠가 일본 내지에선 수술로 고친다는 이야기를 들었다. 꿈같은 이야기였다. 내지에서 수술받고 싶어서 돈을 악착같이 모았다. 하지만 언제 갈 수 있는지 막막한 일이었다.

> 구순 구개열 환자(언청이) 무료 수술
> 지원자를 찾습니다
>
> - 모집 인원: 총 16명
> - 혜택: 선정된 참가자의 진료비, 수술비에 대한 별도의 비용 부담이 없음.
>   소정의 교통비 지원.
>
> 세브란스 병원장

개똥은 글자를 떠듬떠듬 읽어 보았지만 무슨 뜻인지 몰라 옆에 서 있던 사람에게 물어보았다.

"저게 워라는(뭐라는) 거요?"

야학에서 간신히 한글을 뗀 상태이긴 했지만 어려운 단어가 나오면 글자를 읽고도 뜻을 모르는 경우가 많았다.

"언청이 수술을 공짜로 해 준다는 거 아니니? 땡 잡은 거네. 너 얼른 가서 신청해."

"요즘 저 병원에서 부쩍 좋은 일을 많이 하네."

사람들이 안내문을 확인해 주자 개똥의 얼굴에 놀라움과 기쁨의 빛이 떠올랐다.

"어, 지금 눌(물) 개달이(배달이) 중요한 게 아니구나."

개똥은 안면을 튼 금은방에 물지게를 맡겨 두고 있는 힘껏 달음질을 했다. 한참을 뛰다가 숨을 고르고 또 한참을 뛰다가 주위를 두리번거렸다. 드디어 단골집에 물을 쏟아 주고 있는 창식을 찾아냈다.

"개똥아, 어찌 여기 있어? 이쪽은 네 구역 아니잖아."

창식이 놀라서 물었다.

창식의 말에 개똥은 숨을 몰아쉬며 고개를 끄덕였다.

"나 이거……."

개똥은 가쁜 숨이 멎질 않아 손가락으로 입술을 가리킬 뿐이었다. 창식은 개똥이 놀림을 받은 걸까 생각했다.

"왜? 누가 뭐라고 했네?"

"아니! 이거 공짜로 수술해 준대."

개똥보다 창식이 더 놀라는 것 같았다.

"뭐라고? 어디서?"

"세브란스. 너도 알잖아. 나 수술하려고 돈 모아 내지에까지 가려고 했던 거."

"알았어. 당장 알아봐 줄게."

창식과 개똥은 한 번 가보고 싶던 양식 병원을 드디어 가 보게 생겼구나 생각했다.

3층짜리 서양 건물인 세브란스 병원은 아담했지만 붉은 벽돌을 올려 지어 단단해 보였다. 창식은 새로운 세계를 만난 것 같았다. 규명약국과는 크기 면에서도 비교가 안 될 정도였는데 종교적인 목적이라고 해도 가난하고 힘없는 사람들을 위해 수술까지 무료로 하고 있다는 것이 부럽고도 고마운 일이었다. 외국인이 지은 것이라 조금 두렵고 꺼림칙스럽기도 했지만 창식은 조심스럽게 안내 테이블 쪽으로 걸어갔다.

흰 가운을 입은 남자 둘이 창식과 개똥을 불렀다.

"요즘 호열자가 극성이라 그냥 들어오면 안 된다. 밖에서 옷 털고 손 씻고 다시 들어오너라."

"저희는 새벽부터 물 배달하느라 늘 손은 깨끗해요. 빨리 좀 들어가게 해 주세요."

"규칙이라는 게 있는데 너희만 어떻게 그냥 보내니? 어서 밖으로 나가라."

개똥과 창식은 하는 수 없이 병원 문을 나와야 했다.

그제야 문 옆으로 길게 줄 서 있는 사람들을 볼 수 있었다. 직원들이 바가지에 물을 퍼서 손을 닦게 하고 있었다. 마치 종교적인 행렬같이 경건해 보였다.

"어떻게 왔니?"

물을 손에 뿌려 주며 젊은 남자가 물어보았다.

창식이 개똥을 대신해 대답했다.

"저, 구순 구개열 환자를 찾는다고 해서 찾아왔어요."

"아, 안내문 보고 왔구나. 벌써부터 사람들이 몰려들어 순서가 될지는 모르겠다. 외과병실 쪽으로 올라가 봐."

"어닌네요(어딘데요)?"

개똥이 병원 건물을 훑어보며 물었다.

"요 건물 뒤편으로 호열자관을 짓고 있어. 임시 건물인데 거기서 구순 구개열 무료 수술도 하고 있지. 넌 심하지 않으니 깨끗이 고칠 수 있겠다. 2층으로 올라가면 외과병실 앞에서 접수를 받아."

개똥이 바삐 외과병실을 찾아간 동안 창식은 1층 대기실에서 벗어나 복도를 거치면서 방마다 붙어 있는 다양한 팻말을 구경했다. 외래 진찰소, 외래 수납, 진료실, 교환실, 조제실……. 규명약국에서 보았던 이름도 있었고 낯선 이름도 있었다.

2층 구름다리를 건너자 경성부민들이 돈을 모금해 만든다는 호열자관이 보였다.

창식은 남산 곳곳에서 하루가 멀다 하고 벌어지는 굿판을 떠올렸다. 쥐 귀신 때문에 호열자가 판친다며 무당들은 하루가 멀다 하고 굿을 해 대며 골짜기를 차지해 버렸다. 징, 꽹과리를 두드리는 통에 근처에 사는 사람들은 악을 쓰면서 대화했다. 그런데 같은 경성 안에 호열자 환자들을 치료하는 이런 공간이 있었던 것이다. 호열자를 두려워만 할 것이 아니었다. 호열자를 고칠 수 있는 의술이 이미 있었다. 의술을 배울 수 있다면 호열자도, 아버지 기침병도, 개똥이 입술이 갈라진 것도 고칠 수 있었다. 창식의 가슴이 쿵쿵 뛰었다. 창식은 개똥을 찾아 외과병실로 뛰어갔다.

창식과 개똥이 병원에 있는 동안 왕규는 늦게 일어나 물을 대 먹는 단골집을 돌고 있었다.

"정주간 앞 독에 부어 주."

왕규는 부엌 쪽으로 가 독 뚜껑을 열고 물을 부었다. 쏴아 시원한 소리가 흘러나왔다.

"돈은 월말에 끊어 주우."

"알아 모십죠."

왕규는 능숙하게 독 뚜껑을 닫고는 가뿐해진 물지게로, 다시 부엉바위 쪽으로 걸어갔다. 오늘은 날이 맑아서인지 발에 밟히는 진고개의 흙은 부드러웠다. 흐린 날이면 풍기는 코를 싸매게 하는 악취도 오늘은 거의 맡아지지 않았다. 이 동네는 지천으로 물이 흐르지만 가장 많이 물을 사 먹는다고 개똥이 말했었다.

오늘 왕규는 창식과 함께 개똥이 다니고 있는 야학을 가 보기로했다. 개똥이한테 이미 야학에 관한 이야기를 들은 적이 있었지만 한글을 모르는 사람들에게 글자를 가르치는 곳쯤으로 알고 관심 없이 시큰둥했었다. 그러다가 야학 이야기 속에서 김강숙 선생님 이름을 듣게 되었다. 김강숙 선생님은 왕규가 학교 다닐 때 가장 존경하던 역사 선생님이었다. 동그란 안경테 너머 반짝거리는 눈빛과 힘있는 말투가 거침이 없어 남자들을 압도할 정도였다. 신문에 발표한 글이 문제가 되어 끌려가면서 학교를 그만두게 되었다. 교도소에 수감된 것은 아니지만 심한 고문을 받아서 왼쪽 다리를 절게 되었다고 했다. 개똥의 말에 의하면 야학에 나오신 지는 얼마 되지 않았지만 선생님을 만나 공부하려고 한글을 다 아는 어른들도 야학에 나온다는 거였다. 왕규는 대쪽 같은 선생님이 얼마나 고초를 겪었을지 상상만 해도 마음이 아팠다.

창신동 야산 서낭당 나무 앞에서 왕규는 한 시간이 넘도록 창식을 기다렸다. 약속을 잊을 리 없건만 창식은 나타날 줄 몰랐다. 그동안 왕규 앞을 지게꾼들이 지나갔다. 호열자로 죽은 시체를 묻으러 산에 오르는 사람들이었다. 염을 할 겨를도 없이 시체를 거적에 둘둘 말아 야산 기슭에 묻어 버렸다. 시간을 지체했다간 어느 경로로 전염될지 몰라 땅 속에 묻고 바위나 돌로 눌러 놓았다. 산사태로 시체가 쓸려 내려오지 않게 막는 방법이었다.

지게꾼을 따라 올라가며 우는 사람들도 있었으나 전염에 대한 불안감 때문에 제대로 울 수도 없었다. 삼 년에 한 번씩 돈다는 것도 거짓말 같았다. 호열자는 어느 날 갑자기 들이닥쳐서는 마치 이곳의 주인인 양 날뛰는 것이 왜놈들과 같았다.

왕규가 상념에 빠져 있을 때, 창식이 자전거를 타고 왔다.

"미안해. 병원 들르느라 배달이 밀려 이제야 끝났어."

"안창식, 기다리는 사람 생각 안 해? 시간을 지켜야지."

왕규가 뾰로통하게 말을 받았다.

"야, 개똥이 수술 받게 되었어. 무슨 실험 환자이긴 한데 돈 들이지 않고 고칠 수 있게 되었지 뭐냐?"

"그런다고 토끼입이 고쳐지나?"

"병원에선 개똥이 토끼입은 입술만 갈라진 거라 쉽게 수술할 수 있다더라."

"잘됐네. 하지만 그 형은 입원 못 할 거 같은데?"

"왜?"

창식이 물었다.

"며칠 돈을 못 벌게 되니 그렇지. 그 형이 그걸 참겠어?"

왕규가 빙글거리며 말했다.

"우리가 나눠서 해 줘야지, 임마."

"누가 뭐래? 해 주자고!"

개똥이네 야학은 창신동 야산에 엉성하게 지은 판자집이었다. 간판도 없었지만 바람이 들지 않게 천을 몇 겹으로 싸매어서 단단히 고정되어 있었다. 문 위에 공들여 깎은 나무 십자가가 눈에 띄었다. 서양 신을 모신다는 신당 같았다. 굿당들이 울긋불긋한 천을 드리우고 있다면 이곳은 십자가를 세우고 그 밑에 촛불을 밝혀 놓았다는 차이가 있었다. 근처에 있는 어느 굿당에서인가 징을 치며 굿을 벌이고 있었다.

김강숙 선생님은 왕규을 알아보고는 통치마를 날리며 한달음에 달려와 얼싸안아 주었다.

“이게 누구냐? 반갑다, 우리 왕규!”

“선생님…….”

왕규는 절뚝거리는 선생님을 보며 말을 잇지 못했다. 선생님은 왕규 신변의 변화를 알아차린 듯했으나 굳이 묻지는 않았다. 두 사람 다 학무국의 윤치관을 알고 있기 때문이었다. 학교는 선생님이 학교를 그만 둔 뒤로 새로운 교사로 내지인들이 들어왔고 교장까지 바뀐 상태였다. 이런 일이 학무국 윤치관의 손에서 이루어졌다는 건 아는 사람은 다 아는 사실이었다.

판자집 안에서 여남은 명의 조무래기들이 글자를 읽고 있었다.

"누구든지 오너라. 배우고야 바꿀 수 있다……."

창식이 소학교 1학년 때 외우던 문구였다. 창식도 귀에 익숙한 글귀를 다시 보게 되니 반갑기 짝이 없었다.

"서양 신 모시는 신당에서 공부가 되나?"

왕규는 주위를 돌아보면서 말했다.

"선생님이 어디든 가리지 않고 불편한 몸으로 가르치겠다고 나오신 게 존경스럽다. 나 선생님께 여쭤 볼 게 있는데……."

창식은 야학에서도 공부를 계속하면 중학교 졸업 자격을 얻을 수 있는지 알아보고 싶었다.

"내가 고바우물상회 다닌다는 이야기도 해 볼까?"

왕규가 말했다.

"놀라시겠는데."

개똥이 짚자리에 앉아 글자를 읽고 있었다. 발음이 새서 아이들과는 다른 소리를 냈지만 잇몸이 다 드러나도록 열심히 따라 읽고 받아썼다.

창식과 왕규는 개똥이 한글 읽는 것을 옆에 앉아 구경했다. 김강숙 선생님은 큰 갱지에 빼곡히 글자를 채운 한글 교본을 긴 막대기로 가리켰다.

✦기억 니은/ 기억 당/ 기억자로/ 집을 지어//

천만 년을/ 살잤더니/ 다만 일 년도/ 못 살었네//

가갸거겨/ 가련타고/ 가신 님이/ 금년 금년도/ 아니 오네//

고교구규/ 곱고 고운/ 우리 낭군/ 고운 정을/ 잊지 마소//

창식은 배우고 공부하는 것이 너무 그리웠다.

'아버지가 취직을 했더라면 날마다 공부만 하고 있을 테지. 얼마나 좋았을까?'

자신도 모르게 한숨이 나왔다.

아이들을 따라 목청 높여 읽을 때 신나게 노래를 부르며 글자를 익히던 개똥이 코를 싸쥐고 턱을 치켜 들었다. 한 줄기 코피가 개똥의 코에서 갈라진 입술 사이로 주르륵 흘렀다. 떼창으로 모아졌던 분위기가 와르르 깨지면서 아이들이 개똥 주위로 모여들었다. 놀란 왕규가 주머니에 있던 손수건을 찾는데 창식이 문밖으로 나갔다가 급히 뛰어 들어왔다. 손에는 부추가 한 움큼 들려 있었다. 언제 보았는지 예배당 옆에 자라고 있는 부추를 뜯어온 것이다. 창

✦ '가갸 타령'의 일부

식은 부추를 손으로 비벼 즙을 콧구멍에 한 방울 떨어뜨린 후 코를 막아 주었다.

왕규와 아이들은 신기한 듯 둘을 쳐다보았다.

"신난다고 그렇게 몸을 혹사시키면 되냐? 곧 수술 받는데 쉬엄쉬엄해."

창식이 말하자 개똥은 부추 잎으로 틀어막아 놓은 코를 잡고 벙벙해 있었다.

"그런데 우추(부추)를 이렇게 코에 쑤서 악아노(박아도) 되는 거냐?"

개똥의 말을 알아듣는 사람은 창식뿐이었다.

"돼. 먹을 수도 있는 거잖아."

"그렇게 많이 아는데 창식이는 아버지 기침병 좀 고쳐 봐……."

왕규는 중간에 끼어들어 비아냥거렸다.

창식의 아버지는 얼마 전부터 줄기침을 달고 살았다. 기침 끝에 피까지 쏟는 일도 있었다. 취직 이야기는 사라진 지 오래였다.

"안 그래도 내가 의술을 제대로 배워서 고쳐 보고 싶다. 그런데 우리 아버지는 생각이 많은 것이 병이야. 잠을 못

이루고 먹지도 못하니 몸이 축날 수밖에."

"개똥아 너무 무리하지 마. 네 몸이 가장 중한 거야."

선생님이 개똥은 걱정하며 말했다.

"예. 선생님. 근데 그게 불안해서 잘 안 돼요."

"뭐가 그리 불안하냐?"

"월급을 떼일까 봐요. 빨리 돈을 벌어서……."

선생님은 웃으며 "문화 주택 사려고?" 하고 물었다.

벌써 이곳에도 소문이 난 모양이었다. 아이들이 까르르 배꼽을 잡았다.

"아니에요. 제 처지에 택도 없는 소리입죠."

"오늘은 여기까지 하자꾸나."

수업이 끝나고도 학생들은 예배당을 떠나지 않았다. 김강숙 선생님과 나누고픈 이야기가 있거나 공부에 목마른 학생들은 남아서 선생님의 조언을 기다리는 것 같았다. 창식과 왕규도 선생님과 이야기하려고 기다렸다. 창식은 중학교에 대한 갈망이 있었고, 왕규는 선생님이 가르쳐 주는 역사를 듣고 싶어했다.

"너희들이 이곳에 오면 내가 좀 수월할 거 같구나. 한글 가르치는 일을 거들어 준다면, 내가 왕규나 창식이 공부를 도와줄게. 우리 자주 만나자."

"선생님. 여긴 오래오래 계실 거죠?"

"그럼. 왕규가 걱정이 많구나."

"선생님이 갑자기 학교를 그만두셔서 너무 걱정했어요."

창식은 김강숙 선생님과 이야기를 나누다가 문득 원산 총파업을 아느냐고 물었다. 선생님은 안경을 고쳐 쓰며 월급을 못 받은 노동자들이 크게 시위를 일으킨 일이라고 말했다. 세 소년은 개똥이 우동집 월급을 떼였을 때 속수무책이었던 일을 떠올렸다. 월급을 그런 식으로도 받을 수 있다니. 창식은 원산에서 일하던 당숙이 왜 그렇게 흥분했었는지 알 것 같았다.

창식과 왕규는 개똥을 데리고 장터로 향했다. 돼지비계를 숭덩숭덩 썰어 넣은 국밥이라도 챙겨 먹여야겠다고 생각했다. 개똥은 부추를 쑤셔 박은 콧구멍이 간지러운 듯 킁킁거리더니 콧바람을 내서 밀어내 버렸다. 코피가 묻은 부추 잎은 길가의 개골창에 뚝 떨어졌다. 마을마다 흐르고 있는 실개천은 냄새가 풍기는 똥물이었다. 특히 날이 우중충하거나 가끔씩 빗방울이 떨어지는 날은 온 동네에 오물 냄새가 떠돌아다니곤 했다.

진고개 장터는 오 일마다 한 번씩 섰다. 인근에서 열리는 장 가운데 물건은 몰라도 음식은 맛이 좋기로 유명했다. 그중에서도 돼지 국밥, 장터 국밥은 뜨내기들뿐만 아니라 이 동네에 살고 있는 여염집 아낙들도 그 맛을 잊지 못해 장날을 기다리는 정도였다.

"오늘 장이 열리는 날인가? 어디 보자. 지난 달 스무 여드레였으니……. 오늘 맞네."

개똥은 바지 뒤춤에서 작은 주판을 꺼내 날짜를 계산했다. 창식은 개똥을 따라 손 계산을 해본다. 왕규는 뭘 어떻게 하는 건지 알 수가 없어 멀리에서 흘러나오는 국밥 냄새를 흠흠 맡아보았다.

"냄새 좋은데……."

"항갓은(밥값은) 가져왔지? 너희들 건 알아서 각자 내. 난 내 것난(내 것만) 낼 거야."

"너 수술하러 가면 우리가 대신 물 부어 줄 건데 그렇게 인색하게 굴 거야?"

"너흰 돌과(돌봐) 줄 누노님(부모님)이라도 계시잖아. 난 사고우친(사고무친)이라고."

"뭐. 내가 내려고 했어."

창식이 말했다.

"규명약국 영감님이 퇴직금 좀 챙겨 주셨냐?"

"퇴직금은 무슨? 고물 자전거 한 대 주셨지. 고바우물상회에서 돈 받을 때까진 금반지 맡긴 돈으로 살아야지."

"금반지?"

왕규가 눈을 커다랗게 떴다.

"지난번에 할머니가 오셨을 때 금반지를 주고 가셨어. 필요할 때 쓰라고. 전당포에 맡겼더니 급한 대로 한 달은 지낼 수 있겠더라. 아버지 집에 쌀 팔아 놓고 남은 돈이야."

창식은 지난번 다니러 왔던 북청의 할머니 생각이 났다. 밥도 제대로 못해 먹고 지낼까 걱정이 되어 아들과 손자를 보러 꼬박 하루가 걸리는 먼 길을 달려왔던 것이다. 선을 보라고 간곡히 말했지만 아버지는 귓등으로도 듣지 않았다. 할머니는 북청으로 돌아가며 창식에게 따로 금반지를 맡기고 생활비에 보태라고 했다.

개똥은 밥을 사 준다는 말에 기분이 좋아져서 창식의 팔을 잡고 헤헤 웃었다.

포목전, 과일전 할 것 없이 장돌뱅이들과 손님들로 가

득 차 있었다. 국수와 국밥을 말아 파는 먹자촌 멍석 위로도 빼곡하게 사람들이 앉아 있었다.

"이거 와(봐). 올 때나다(때마다) 니어(미어) 터진다니까. 나중에 온 노아서(돈 모아서) 우리도 장사를 하자."

개똥은 창식에게 눈웃음을 보냈다.

"난 고향으로 돌아가고 싶어. 공부를 하려고 경성에 왔지만 아무리 봐도 아버지가 취직할 것 같지 않아."

창식이 한숨을 쉬었다.

"너 시대가 바뀌는 거 몰라? 사람들이 다 경성으로 몰려드는데 여기서 자릴 잡아야 큰돈을 벌지."

왕규가 국밥 건더기를 후후 불며 말했다.

"버는 사람 몇 명 안 돼. 규명 영감님처럼 뼛속까지 노랭이인 사람들만 살 만한 거지."

창식은 몇 년간 먹고사는 것이 무척 힘들다는 걸 배웠다.

"너도 규명 영감님을 배워야 큰돈을 모을 거 아니냐?"

왕규는 남의 일처럼 말했다. 창식은 편하게 살아 온 놈이 말은 잘한다고 생각했다.

"그래도 인생은 애운(배운) 대로 안 되거덩. 그건 좋은 것일 수도, 나흔(나쁜) 것일 수도 있어."

개똥이 말하자 창식은 엄지를 치켜들고 최고라는 표시를 해 보였다. 장터 국밥은 칼칼하고 얼큰했다. 개똥은 뜨거운 국물을 아무렇지도 않게 퍼 먹고 후루룩 마셨다. 얼마나 맛있게 먹는지 다른 상에서 먹고 있던 사람들이 힐끗거리며 개똥일 바라볼 정도였다.

진고개를 누비는 삼총사는 물 배달도 야학도 함께 다니게 되었다.

며칠 뒤 개똥은 수술을 받으러 갔다. 창식과 왕규는 개똥의 단골집까지 물배달을 해 주었다. 일이 많아 저녁까지 배달이 밀렸다.

둘은 오늘도 저녁 물 배달을 위해 부엉바위로 들어갔다. 어스름 저녁에도 고바우 물꾼들이 물을 길러 오갔다. 서로 알아보고 인사하는 말소리 사이로 딱새 소리가 들렸다. 딱새가 휘리릭 날아가며 노간주나무를 흔들었다.

창식과 왕규는 발걸음을 재촉했다. 물을 가득 채운 물통이 흔들릴 때마다 무게를 이기지 못한 물지게에서 끼이익 소리가 났다. 물통을 지탱하느라 창식의 어깨에는 잔뜩 힘이 들어갔다. 지게에 쓸려 등판과 어깨가 쓰렸다. 덩치가 있는 왕규에게도 물 배달 일은 녹록치 않았다. 깡꾼들에게 집단 폭행을 당했던 어깨가 궂은 날이면 계속 말썽을 부렸다. 그럴 때면 창식이 어깨너머로 배운 침을 놓아 주곤 했다. 둘이 물방에 누울 때면 아이고 소리가 저절로 나왔다.

10

사라진 서정욱

"왕규 도련님!"

저녁 배달을 하려고 부엉바위에서 물을 긷는데 누군가 왕규를 불렀다.

중절모를 쓴 낯선 남자가 창식과 왕규 앞으로 다가왔다. 정연이 아닌 왕규라는 본명을 들은 것이 하도 오랜만이라 왕규와 창식은 깜짝 놀랐다. 왕규는 갑자기 누가 가까이 오자 움찔하며 뒤로 물러났다. 깡꾼들에게 폭행을 당한 뒤로 더욱더 사람을 조심하게 되었던 것이다.

물통에서 물이 출렁, 통 밖으로 쏟아졌다.

'이크, 아까운 물!'

창식이 흔들리는 물통을 붙잡는 동안 왕규는 뒤로 물러섰으나 물은 이미 남자의 바지에 끼얹어져 대님 부근의 종아리 윤곽이 드러날 정도였다. 그는 모자를 벗고 바지를 털어 냈다.

낯선 남자는 김가라는 소작인으로 옴팡 할멈의 사위였다. 왕규와는 낯만 익힌 사이라는데 가출한 왕규를 찾아온 건 의외의 일이었다.

"이게 뭡니까? 귀한 도련님이 왜 이러고 계세요?"

"아저씨야말로 여기 어쩐 일이세요? 설마 저를 찾아서 여기까지 온 건 아니죠?"

"왜 아니겠어요."

그는 다가와서 귓속말을 하듯 손을 입가로 가져갔다.

"벌써 둘째 도련님 백일잔치잖아요. 주인 나리가 사람을 풀어 한동안 도련님을 찾아다녔습죠."

창식이 왕규에게서 멀어지려 하자 왕규는 창식의 한쪽 팔을 꼭 쥐었다. 가지 말라는 뜻이었다.

"저는 안 가요. 아버지 집으로 가지 않을 겁니다."

어깨가 아픈지 왕규는 인상을 잔뜩 썼다.

"나리는 도련님을 강제로라도 잡아오라 하셨어요. 어엿

한 집을 두고 이렇게 살 이유가 없지 않습니까."

왕규는 메고 있던 물통과 지게 봉을 내려놓았다.

"그래서 아버지가 원하는 게 뭔데요?"

"잔치에 오셔야죠. 나리께 인사드리고 그 다음 일을 생각해 봐요."

"그 집 백일잔치에 제가 갈 일은 없어요."

"오늘 당장이 어려우면 내일 바로 오세요. 꼭 오세요. 주인 나리가 아드님을 얼마나 애지중지하는지 아시죠? 이렇게 의를 끊고 사는 건 도리가 아니에요."

"아저씨는 우리 아버지가 정상이라고 생각해요? 어차피 난 절연하려고 사고도 치고 나왔어요."

"그게 무슨 상관이에요. 도련님이 빠트린 주인 나리 훈장은 다행히 건져 냈어요."

"쳇!"

아무래도 이야기가 쉽게 끝날 것 같지 않자 창식은 먼저 물 배달하러 일어섰다. 왕규와 눈인사를 주고받고 자리를 떠났다.

창식이 멀어지는 걸 보던 김가가 다시 입을 열었다.

"그런데…… 왜 그러셨어요?"

"……."

"제가 괜한 걸 여쭈었어요. 뭐 이제 다 지나간 일이죠. 그나저나 집에는 수도가 있는데 도련님은 물배달을 한다니요."

"뭐가 어때서요?"

"수돗물은 깨끗해서 병에 걸릴 염려도 없대요. 도련님도 집에 돌아오면 안전하고 좋잖아요."

"그 집 사람들은 안전하겠네요. 그래도 그 집으로는 안 가요. 아저씨도 제 처지를 아시잖아요. 차라리 저를 못 보았다고 말하세요."

"나리는 도련님을 집안의 적자라고 생각하시는데 꿋꿋하게 이겨 내셔야죠. 설마 새 마님이 그 자리까지 넘보진 않을 거 아니에요?"

"그것 때문만은 아니에요……."

아저씨는 왕규를 찾아다니면서 자기 나름으로 상황을 정리한 것 같았다. 그런데 세상 사람들의 차가운 눈총을 정말 모르는 걸까, 모른 척하는 걸까.

창식은 왕규와 헤어져 골목 골목 물 배달을 하면서 곰

곰 생각해 보았다. 결국 왕규는 집으로 돌아가겠구나 싶었다. 친일파이긴 하지만 자신을 기다리는 부유한 아버지가 있지 않은가. 게다가 왕규는 깡꾼들에게 급습을 당한 어깨를 제대로 치료하지 않아 고질병을 앓고 있었다. 집으로 돌아가는 게 자연스러웠다.

창식은 물 배달을 마치고 물상회로 갔다. 삐걱거리는 고리를 바꿔 달아야겠다고 생각하며 어둑어둑한 사무소에 들어가는데 두런거리는 소리가 들려왔다. 서 총무가 사무실 뒤곁에서 누군가와 말을 나누고 있는 것 같았다. 한쪽 다리를 건들거리며 불량하게 침까지 뱉는 사내들은 서 총무에 비해 훨씬 어린 치들이었다. 이곳 물꾼인가 싶어 흘낏 보았으나 고바우 사람들은 아닌 것 같았다. 잠방이를 걷어 올리고 건들거리는 모양새가 개똥이에게 돈을 뜯으러 오던 깍정이 패거리 같았다. 창식은 고개를 갸웃거렸다. 서 총무가 깍정이 패거리를 만날 일은 없었기 때문이었다.

'무슨 일이지?'

창식은 물지게실로 향했다. 물지게가 몇 개나 뒹굴고

있었다. 물상회 일이라면 빠르고 깔끔한 편인 서 총무가 저런 걸 그냥 놔두다니 이상한 일이었다. 그들의 말소리가 계속 들려왔다. 안 들으려 해도 이상하게 귀에 와 박히는 것 같았다.

"아직도 돈을 안 준다고?"

"그럼 당신도 배달꾼들 돈을 못 주겠다고 해. 왜 중간에서 미운털 박힐 짓만 하는 거요? 당신이 난리굿을 부려도 세상은 안 바뀐다고."

"그렇다고 애써서 번 돈을 마구 쓰면 안 되지."

"자기 물상횐데 당신이 무슨 참견이야."

"그럼 물꾼들은 김만복 돈이나 벌어주는 호구냐? 이 물상회는 물꾼들이 일해서 키운 거야."

"영웅 나셨네. 원래 영웅들은 존나 불쌍하게 죽는 거거든."

총무가 뒤로 훅 밀렸는지 우당탕 소리가 난 뒤 꽥 소리가 들렸다.

어떤 놈이 낄낄거렸다.

"당신 여편네 이번에 애 낳았다고 했잖아. 좋은 말로 거래하자 할 때 받고 나가. 빈손으로 나가 애를 굶겨 죽일 작정이냐?"

"어쩌라는 거야?"

"꺼지라는 거지. 돈도 얼마 챙겨 준다니, 마침 잘됐잖아."

할 말이 있었던 창식은 어쩔 수 없이 뒤곁으로 나가 그들의 대화를 방해해야 했다.

"총무님?"

화들짝 놀란 네 사람이 동시에 창식을 돌아보았다.

"응?"

서정욱 총무의 눈빛이 잠깐 흔들리는 것 같았다. 비열한 눈빛을 보내는 사내 중 한 명이 눈에 익숙했다.

'어, 깍정이 칠성이 패잖아?'

창식은 뭔가 불길한 느낌이 들어 그들을 하나하나 눈도장을 찍어 놓았다.

"총무님. 정연이가 어쩌면 내일 배달 못 할 수도 있어요."

서 총무가 애써 아무렇지 않은 척을 하며 대답했다.

"어깨 때문에 그러는 거냐?"

"아니요. 집에 일이 좀 있어서요."

"고마우물상회 아주 콩가루구만. 저 새끼 언청이 친구

아냐? 무조건 구역 바꿔 버려."

사내들이 서 총무 뒤에서 비아냥거렸다.

"안 돼!"

서 총무는 평소처럼 강강한 어조로 말했다.

"동생 백일잔치가 있대요."

"뜬금없이 웬 백일이 된 동생?"

"집이 좀 복잡하다고요. 왜 그렇게 꼬치꼬치 묻는 거예요."

"새끼. 걔는 뭐하고 네가 대신 말하러 온 거야? 뭐 집안의 비밀이라도 있는 거야?"

"에이 뭔 말을 못 하겠네. 왜 자꾸 넘겨짚는 거예요."

"피 같은 단골손님들 잘 관리해라. 깡꾼들이 호시탐탐 우리 자릴 노리고 있다고."

함께 서 있던 사내들이 총무를 째려보았다.

그러고 보니 왕규가 집을 나온 지 벌써 백일이 되었구나 하고 창식이 잠시 딴 생각을 하는 사이 총무가 애꾸눈을 들이대고 담배 연기를 내뿜었다. 매캐한 연기가 창식의 온 얼굴을 스멀스멀 간지럽혔다.

"정연이가 못 나오면 네가 해 주면 되겠네. 어떠냐?"

“힘든데요. 개똥이 것도 하고 있어서…….”

“그럼 너네 다 그만 둬.”

“누가 안 한 대요?……할게요, 한다고요.”

“그래. 네가 하는 걸로 알게. 어서 가. 어서 가라고.”

창식은 떠밀리듯 자리에서 나와 걷다가 이상한 느낌이 들어 뒤돌아보았다. 서 총무는 창식을 계속 쳐다보고 있었다. 서 총무의 흐릿한 표정에 창식은 찜찜한 기분이 들었다.

“서 총무가 사라졌다고요?”

한밤에 물방 앞에 모여선 사람들이 열을 올리며 이야기했다.

창식은 물방에서 혼곤한 잠에 빠져 있었다. 며칠째 돌아오지 않는 왕규와 수술하러 간 개똥 몫까지 일을 하느라 몸이 천근만근이었다. 그런데 이상하게 문 밖에서 웅성거리는 소리 중에 ‘서정욱이 사라졌다.’는 말만은 귀에 확 들어왔다. 이틀째 서정욱 총무가 나오질 않는다는 말도 이어서 들렸다.

“수금한 돈을 갖고 튀었다던데?”

"뭐? 말도 안 돼. 다른 사람은 몰라도 서 총무가 그럴 리 없어."

누운 채로 물꾼 아재들의 이야기를 듣다가 창식은 머리를 흔들었다. 창식을 바라보던 쓸쓸한 서 총무의 모습이 자꾸 떠오르는 것이었다.

"고바우물상회를 키운 진짜 주인은 서정욱인데……."

몇 달간 지켜본 서정욱은 자기가 맡은 일을 그렇게 내동댕이치고 갈 잡놈은 아니었다. 게다가 조합장한테는 그렇게 튀는 놈들을 잡을 때 쓰는 뒷조직이 있어서 금세 잡힌다는 걸 누구보다 잘 알고 있을 터였다.

'근데 그날 총무가 좀 이상하긴 했어.'

깍정이들과 주고받던 말, 미스 김과 돈을 가지고 아웅다웅하던 일, 가난한 집안 사정에 갓난애가 태어난 일 들이 머릿속을 스쳐갔다. 어떻게 된 일일까?

선잠이 들고 깨기를 몇 차례 반복한 뒤에야 창식은 눈을 떴다. 어느 결에 통행금지를 해제하는 딱딱이 소리가 들려왔다. 일을 나가려면 지금쯤 일어나야 할 것이다. 물방에서 자는 날이면 개똥과 왕규와 다리가 얽힌 채 잠이 깨곤 했는데 옆자리가 허전했다.

창식은 하품을 하면서 등을 긁어 댔다. 등은 온통 발긋발긋한 뾰루지로 가득 뒤덮여 있었다. 방물장수들한테 벼룩, 빈대 물린 데 바르는 약이라도 사서 쓸 걸 후회가 됐다.

"서 총무가 수금한 돈을 정말로 가져갔을까? 조합장이라면 몰라도……."

먼저 일어나 있던 물꾼이 성냥에 불을 붙이며 말했다. 곰방대에 붉은 담뱃불이 발갛게 올라왔다.

"서 총무가요? 조합장이요? 누가 돈을 어디다 빼돌려요?"

창식이 놀라서 묻고 다음 말을 기다렸다.

"회계 보는 미스 김하고 서 총무가 이 새끼 저 새끼 하면서 싸우는 걸 봤거든."

"그게 왜요?"

"왜냐니? 지금 경성에 물 장사가 잘되는 것 같지만 계속 그럴지는 모르지. 고바우물상회가 뭐 특별한 게 있어? 물꾼들한테 지게랑 물통 값 제하고 월급도 짜게 주고 말이야. 그나마 지금 물이 팔리니까 넘어가지 문화 주택이 더 많아지고 뚝섬 수도가 이 집 저 집 부엌에까지 들어오면 우리 신세도 끈 떨어진 망석중 팔자 아니겠니?"

"그래서요?"

"그래서는 뭐가 그래서야? 안 그래도 깡꾼들 물통에 비해 우리 나무통은 금방 망가지고 이끼도 끼어 위생이 어떻니 저떻니 말이 많으니까 조합장이 이쯤에서 고바우물상회 손 뗄 생각을 안 하겠냐고."

"갑자기 손을 떼면 어떡해요? 우린 정말 뭐 먹고 사냐고요!"

창식이 말소리에 다른 물꾼들도 하나둘 일어나 말을 거들었다.

"그동안 정욱이가 제 돈까지 집어넣어가며 조합장을 어르고 구슬리고 했나 봐."

"아……. 그럼 너무 힘들어서 북청물상회로 간 거 아네요?"

"그건 모르지. 정욱이 정도 물꾼이면 북청물상회에서도 쌍수를 들어 환영할걸."

"서 총무가 그럴 사람은 아니라. 작년 우리 아들놈 전문학교 갈 때 학자금 보태라고 돈을 모아서 한밤에 찾아왔더라고. 돈이 모자라 급전을 찾아다니고 있었는데 얼마나 고맙고 귀하던지. 꽉꽉거려서 그렇지 서 총무가 물꾼들을 얼마나 귀하게 챙기는가 말여……."

"나 다쳐서 일 못 했을 때도 총무님이 대신 날라 줘서 단골을 안 뺏겼어요."

"며칠 됐다고, 창고에 물지게랑 물통 작살 난 거 뒹굴고 있는 거 봐. 정욱이가 저걸 다 감당하고 있었던 게지. 고바우물상회가 어떻게 되려고 이런 일이 생긴 건지……."

물꾼들은 앉아서 갑자기 사라진 서 총무를 걱정했다. 또, 그동안 서 총무 때문에 고바우물상회가 얼마나 일할 맛이 나는 일터였는지를 회상하고는 한숨을 내쉬었다.

"그나저나 우리 월급은 어떻게 되는 거예요?"

창식은 평소에 침착한 모습을 잃고 덥수룩한 머리를 손으로 긁어 내렸다.

"지금도 조금씩 밀려 받는데 앞으로는 더 심해지겠지……. 정욱이가 없는데."

"슬슬 보따리를 싸야 하는 거 아닌가?"

"정욱 총무가 깡꾼 조합으로 갔다면 자기 가족들에겐 다행인거죠. 물일해서 아들을 경성제대까지 졸업시킨 사람도 있다믄요."

"그렇지. 워낙 북청 사람들이 독하고 똘똘 뭉치고 성실하잖아."

"아니 그건 그렇다고 해도, 서 총무가 수금한 돈을 가져갔다는 게 참말일까? 그건 찾아야 할 거 아니냐고."

창식은 마지막으로 보았던 총무의 모습이 떠올랐다. 그를 둘러싼 깍정이들의 불량한 집적거림도.

"근데 제가 마지막으로 봤을 때는 깍정이 떼한테 협박을 받는 것 같았어요. 칠성이 패라고 돈이라면 무슨 짓이든 하는 깍정이 떼예요."

"그놈들부터 찾아야겠구먼. 서 총무가 일이라도 당했으면 애 엄마랑 어린 것들은 어떻게 살겠냐. 우리도 짬짬이 칠성이 패 애놈들을 찾아보세. 돈을 가져갔는지는 그 다음 일이고."

총무가 없어졌다 해도 물 배달을 멈출 수는 없었으므로 곰방대를 재떨이에 탁탁 떨며 물꾼들이 일어났다.

창식은 다음 날도 혼자 물방을 나서서 물상회로 갔다. 개똥은 구순구개열 임상 환자로 일주일째 병원에 있었고, 왕규는 집으로 돌아간 뒤 소식이 없었다. 아직 해 뜰 시간은 아니었으나 조합 사무실 앞에는 누군가 불을 밝혀 놓아

보름밤처럼 훤했다.

물꾼들이 웅성이고 있는 사이로 조합장이 들어섰다. 이른 아침이었지만 머리에 고급 포마드를 바르고 넥타이를 맨 정장 차림에 미끈한 구두를 신고 사무실 앞에 섰다. 요즘 미쯔비시 백화점이나 혼마치, 종로통을 돌아다니는 모던 보이의 냄새가 물씬 풍겼다. 물일로 늘 헐렁한 한복 차림에 흰 머리끈을 질끈 매고 다니는 물꾼들과는 다른 세상 사람이었다. 조합장은 요즘 막 바람이 불고 있는 금광 사업에 미쳐 돌아다닌다는 소문이 있었다. 얼마 전 문을 닫은 청계물상회 조합장과 함께 다니는 걸 여러 번 보았다고 물꾼들끼리 쑥덕거렸다.

"에 또, 갑자기 이런 일이 생겨 당황스럽기 짝이 없어요. 그동안 서 총무만 믿고 있었던 내가 바보였다고."

조합장의 한숨 소리를 따라 혀를 차는 소리, 순사들에게 신고하라는 소리가 사람들 속에서 흘러나왔으나 대부분은 입을 다물고 조합장을 주시하고 있었다.

"돈에 장사 없다고 서 총무가 나한테 어떻게 이럴 수 있을까?"

앉아 있던 물꾼들이 고개를 저었다. 서 총무한테 떠넘

기고 있군, 돈을 못 주겠다는 얘기렸다, 하며 수군거렸다.

"하, 지금은 경황이 없어 수습이 될 때까지 우리 사촌한테 일을 맡기려고 하니 혼란스럽더라도 저를 봐서 참고 일해 주세요. 그동안 수금한 돈이랑 다 털렸단 말씀이죠. 서정욱 그놈 때문에 내 인생에 갑자기 이런 봉변이……."

물꾼들은 조합장의 말을 묵묵히 듣고 있었다. 서정욱이 갑자기 자취를 감추긴 했지만 아직 시비를 가리고 판단하기는 이르다는 게 중론이었다. 게다가 조합장은 마음만 먹는다면 깍정이들을 시켜 서정욱을 잡고도 남을 힘을 가지고 있질 않은가?

"서 총무가 잡것들한테 목숨이라도 잃은 게 아닌가 걱정이다."

물꾼들이 서로 말했다.

"왜?"

"마지막 날 내가 들었던 말은 조합장이 수금한 돈을 다 가져가고도 월급을 안 내놓는단 얘기였거든."

창식은 서 총무의 모습이 자꾸 어른거렸다. 그는 입이 걸고 육두문자를 잘 날리는 하류 인생이며 개눈도 박지 않은 애꾸였지만 통꾼과 경쟁하는 깡꾼 사이에서도 유명한 진짜 물꾼이었다. 물맛이 좋기로 유명한 부엉바위 약수를 찾아내 고바우물상회를 살린 것도 조합장이나 미스 김이 아닌 서정욱 총무였다.

"일단 월급 정산은 오래 일한 순으로 하겠으니 그리 아시오. 수금한 돈을 기준으로 나누는 것이니 미수가 있는 사람들은 그만큼 불리하오. 수금이 급하니 무슨 수를 써서든 받아 오시오."

창식은 혀를 차면서 사무실 쪽을 바라보았다. 다리를 벌리고 앉아 있는 조합장의 사촌과 눈이 마주쳤다. 바가지 머리를 하고 있는 사촌은 몸집이 크고 싸움 좀 하게 생긴 사람이었다. 바가지 머리 아래 사납게 튀어나온 눈을 껌뻑거리며 조합장을 바라보고 있는 물꾼들을 노려보고 있었다. 조합장은 일을 수습하려는 게 아니라 물꾼들이 다른 생각이나 행동을 못 하도록 엄포를 놓으려고만 했다.

"저 두꺼비가 새 총무라는 거여? 사람 잡게 생겼고만."

"고바우물상회에 자꾸 정이 떨어질라 하네."

"야야, 안 봐도 훤하다. 정욱이 형이 한 일을 누가 대신할 수 있겄냐? 고바우물상회는 이제 망한 게 틀림없어."

"그리고 저게 무슨 말이야. 여태껏 수금한 게 얼만데 그 돈 이야긴 싹 입 닦아 버리고 미수금이나 받아오라고?"

물꾼 하나가 머리 수건을 풀어 몸에 묻어 있는 먼지를 툭툭 털었다.

"저 물진드기 같은 놈! 정욱이가 얼마나 맘고생이 심했을지 알 만하다. 이럴 게 아니라 조합장 집으로 몰려가 담판을 해야 해."

그런데 누가? 물을 부어 주고 하루 벌어 하루 사는 인생들이 일을 포기하고 조합장에게 달려가기란 쉽지 않았다. 그냥 끌탕을 할 뿐이었다.

새로 온 총무는 시커먼 입술을 꾹 다물고 덤비면 가만 안 두겠다는 표정으로 물꾼들을 노려보고 있었다.

11

문화 주택의 비밀

창식은 낮 시간에 미스 김을 찾아갔다. 상점들이 몰려 있는 혼마치는 점점 번화해지면서 대낮에는 물지게를 지고 드나들 수가 없을 정도로 붐볐다. 골목들이 몹시 좁고 붐벼서 행인이 적은 새벽이나 늦은 밤에 물 배달을 했다.

미스 김은 사무실 근처 새로 생긴 미용실에서 파마를 하고 있었다. 머리를 동그랗게 말아 올린 것이었는데 요즘 유행하는 머리라고 했다. 손에는 신여성 잡지가 들려 있었다.

창식이 미스 김에게 말을 걸었다.

"누나!"

"내가 왜 니 누나야? 촌스럽게 누나라고 하지마. 미스 김이라고 불러."

창식은 '미스'가 무슨 뜻일까 생각해 보았다. 도시적이고 얄미운 느낌이 나는 말이었다.

창식이 물끄러미 바라보고 있자 미스 김이 물었다.

"왜?"

"미스 김 누나, 서정욱 총무 집이 어딘지 좀 알 수 있을까요?"

"그 사기꾼 집을 왜 물어본다니?"

"이상하잖아요. 며칠 전만 해도 단골 관리하라고 재촉했던 사람이 자취 없이 사라졌잖아요."

"조합장님이 사람을 풀어서 곧 찾아내겠지. 넌 쓸데없는 데 관심 끄고 네 일이나 해."

"돈을 갖고 튄 거라면 쉽게 잡혀 오겠어요?"

"안 잡히면 말고. 너도 괜한 데 관심 갖다가 큰코다치는 일 없도록 해. 조합장님이 너희한테 할 말이 많은 모양이던데."

"무슨 할 말요?"

"개똥이도 정연이도 벌써 며칠씩이나 안 나오고 있

잖아."

"개똥이는 수술을 받느라고 그런 건데 봐주셔야죠. 정연이는 내일 제가 한번 찾아가 볼게요. 제가 단골들 배달은 다 하고 있어요."

거울을 들고 파마 머리를 들여다보는 미스 김은 사무실 일이나 물꾼들에게 관심이 별로 없었다. 다만 왕규에게만 관심을 보이며 근황을 물어 왔다.

"근데 정연이는 집이 어디야?"

순간적으로 창식은 계동 솟을대문 집이라고 말할 뻔했다.

"…… 저도 잘 몰라요."

"요즘 백일 차려 주는 집이 드문데, 집이 좀 사는 애 맞지? 걔 은근 귀티 나더라니. 그런데 왜 물꾼을 하지? 무슨 사연이 있나? 사무실에서 누나랑 좀 놀다가라고 해."

"근데 총무님 집 좀……."

"난 그 애꾸가 정말 재수 꽝이니까 더 묻지 마, 얘."

창식은 미스 김이 정말 놀라웠다. 똑같이 물꾼으로 일하고 있는데 왕규가 귀하게 자란 도련님인 걸 어떻게 알고 관심을 보이는지 알 수 없었다.

서 총무의 집이 배오개시장(동대문시장) 부근이라고 들었다고 물방 아재들이 말했다. 구체적인 위치를 아는 사람은 없었다.

개똥을 찾아오곤 하던 칠성이 패 깍정이들은 어디 가서 돈을 뜯고 있는지 요즈음 감감 무소식이었다. 이것도 이상하고 불안했다.

사무실 어딘가에 서 총무 주소가 있을 텐데 뒤지기 선수인 개똥이 없으니 엄두가 나질 않았다. 아무래도 왕규가 와서 미스 김에게 접근해서 서 총무의 주소를 빼내는 수밖에 없을 것 같았다. 서 총무가 사라져 어수선한 물상회에 삼총사 중 개똥도 왕규도 없이 창식 혼자 남으니 더욱 쓸쓸하고 답답했다.

창식은 잠결에 새벽 새 소리를 들은 듯했다. 새벽 산길에서 늘 듣곤 하던 소리. 누군가 창식을 흔들어 깨웠다.

"창식아, 일어나 봐."

"으응, 누구?"

"나, 정연이. 아니 왕규가 왔다고."

창식은 잠이 덜 깬 눈을 비비며 왕규를 보았다. 왕규는 반가워하며 손으로 창식의 얼굴을 두 손으로 감쌌다.

"어떻게 나온 거냐? 아버지가 가만 안 뒀을 텐데."

"담 넘어 도망쳤지."

"너도 참! 그냥 집에서 쉬지 여길 왜 왔어?"

"거긴 내가 있을 곳이 아니야. 여기 오니까 내 집 온 것처럼 마음이 편해지네."

"너 없는 사이에 난리 났었어. 아무래도 서 총무님한테 무슨 일이 있는 것 같아."

"왜?"

"조합장은 서 총무가 돈을 들고 튀었다고 하는데, 너도 알잖아. 총무는 오히려 자기 돈을 풀어 사람들한테 나눠 줄 사람인 거."

"그렇지. 사람이 말이 거칠어서 그렇지 절대로 돈 들고 튈 사람은 아니야."

"너 오늘 사무실에 들러서 서 총무 주소 좀 빼내 봐. 아무래도 찾아가서 어떻게 된 일인지 알아봐야겠어."

"누구한테 알아보면 돼?"

"미스 김 누나한테 가서 말 좀 붙여 봐."

"난 그런 거 취미 없어."

"누나 이야길 들어주라는 거야. 그래야 원하는 정보를 얻어 올 수 있잖아."

"아, 이거 참. 알겠어."

"점심시간 지나고 가 봐. 서 총무 집이 배오개 근처라는 것만 알아냈어."

"언제까지 알아오면 돼?"

"빠를수록 좋아. 총무님이 위험한 상황일 수도 있어. 아니면…… 우리 월급이 영영 사라지거나."

왕규는 두 시간만에 서 총무의 주소를 알아왔다. 미스 김이 정성스럽게 쓴 주소는 배오개시장 근처 산비탈에 있는 토막촌이었다. 벌이가 좋다는 물상회의 총무였지만 그가 살고 있는 집은 일반 물꾼들마냥 작은 초가집이었다. 창식과 왕규가 대문도 없는 작은 집 앞에서 서 총무를 부르자 젊은 부인이 나왔다. 출산한 지 얼마 안 된 총무의 아내는 좁고 어두운 집이라 들어오라고도 못 한다며 미안해했다.

아기 옆에 앉아 있던 어린 아이 둘이 코를 훌쩍이며 다가와 창식과 왕규에게 우리 아버지 어디 있느냐고 물어보았다.

이렇게 자취를 감출 일이 무엇이 있을까? 서 총무가 돈을 가지고 튀었다면 여기서 아이와 부인이 이렇게 고생을 하고 있을 리가 없다. 창식은 역시 조합장의 말을 믿을 수 없었다.

"고바우 조합장이 물꾼들이 수금한 돈을 멋대로 가져다 쓰고 월급을 자꾸 밀려서 엄청 고민이 많았어요. 애 아버지가 물꾼들 고생하는 걸 못 보거든요."

인사를 꾸벅하고 돌아서면서 창식은 탄식했다. 어린아이들이 자꾸 눈에 밟혔다.

"역시나, 총무가 도망간 게 아니었어."

믿음직스러운 서 총무를 한순간에 잃어버렸다. 창식은 이렇게 지내다가는 월급을 떼이겠다는 불안감이 들었다. 가족들조차 총무의 행방을 모르고 있지 않은가? 서 총무는 스스로 도망친 게 아니라 준비 없이 무슨 일인가를 당한 것 같았다.

창식은 개똥의 밀린 월급 대신 외상값을 받으러 함께 다니던 지난 일이 떠올랐다. 개똥은 일자리를 바꿀 때마다 늘 월급을 떼이곤 했다. 외상값 받는 걸로 월급을 대신 하라던 곳도 있어 창식과 가서 돈을 받으려 했지만 한 번도 깔끔하게 받아본 적이 없었다. 이번 물상회 일도 그렇게 될 것 같았다. 계속 돈을 떼이고 헛발질만 하다가 자신도 아버지 약값은커녕 하루하루 입에 풀칠하는 것도 힘들어질 것 같았다. 걱정이 커져만 갔다.

"조합장이 거짓말을 하고 있어. 조합장의 집으로 담판을 지으러 가는 건 어때?"

개똥이 입원해 있는 세브란스 병원으로 가면서 왕규가 말했다.

"솔직히 자신 없는데."

창식은 소극적으로 말했다.

"너희 아버지 아프시단 말을 하면서 돈이 꼭 필요하다고, 월급을 꼭 받아야 한다고 해 보자. 개똥이한테도 같이 가자고 하자. 걔도 사정이 뻔하잖아."

왕규가 조합장에게 가서 어떻게 할지 장황하게 늘어놓았지만 창식은 왕규의 말을 듣고 있지 않았다. 서정욱 총무를 어떻게 찾아야하나 골똘히 생각하고 있었다. 그래야만 해결될 수 있을 것 같았다.

호열자관 한 구역 병실은 구순 구개열 무료 수술 환자들을 위한 회복실이었다. 호열자와 구순 구개열이 관련 없어 보이지만 병원에서 무료로 치료해 준다는 공통점이 있었다.

창식은 머릿수건으로 입을 가리고 안쪽 구순 구개열 병실로 들어가면서 언제쯤 조선에서 이 지긋지긋한 호열자나 왜놈들이 사라질까 생각했다.

구순 구개열 수술을 받고 누워 있는 환자들은 모두 열 명이었고, 나이대와 성별이 겹치지 않는 사람들이었다. 개똥은 십 대 남성으로 분류되어 팻말이 붙은 침대에 누워 있었다.

"개똥아."

모로 누워 있던 개똥이 눈을 끔뻑이며 창식 쪽으로 돌아보았다.

"말할 수 있나?"

창식이 개똥을 알아보고 창가 쪽 침대로 다가갔다.

개똥은 병원복이 더러워질세라 윗도리와 바지를 접은 채 앉아 있었다.

"애들아. 내 입 좀 봐. 갈라졌던 윗입술이 감쪽같이 달라붙었어."

붕대를 열어 보여 준 곳은 아직 붉은 실금처럼 수술 자국이 남아 있었다. 그러나 개똥은 토끼입이라는 별명이 없어지고, 발음을 제대로 할 수 있다는 것이 꿈만 같았다.

구순 구개열은 태어나면서부터 입술과 입천장이 갈라져 있는 걸 말한다. 입천장이 갈라진 것을 구개열, 입술이 갈라진 것을 구순열이라고 하는데 두 증상이 다 있는 구순 구개열은 수술이 복잡했다. 다행히 개똥은 구순열이었고 코 밑에서 입술까지 꿰매는 간단한 수술을 받았다.

창식은 개똥과 안부를 주고받고는 잠시 뜸을 들이다가 입을 열었다.

"서 총무가 사라졌어."

"뜬금없이 그게 무슨 소리야?"

창식은 개똥에게 그간 있었던 일을 이야기해 주었다. 개똥은 이야기를 들으며 주먹을 꽉 쥐었다.

"그래서 내일 조합장 집으로 쳐들어가려는데 너 갈 수 있어?"

창식이 조심스럽게 물었다.

"안 그래도 여기 처박혀서 약만 바르고 있어 좀이 쑤셨어. 갈게."

"총무가 그만두는 데서 끝나는 게 아니라 우리 돈도 다 떼일 수 있어. 또 당할 수는 없잖아!"

"그렇게 되면 내 인생은 쪽박이야. 나도 내일 꼭 나가야 한다고 병원에 말할게."

내일 조합장 집에 갈 때 가더라도 일단 오늘 할 물 배달이 남아 있었다. 창식은 물을 길러 나섰다. 어디선가 유성기 돌아가는 소리가 귀에 들어왔다.

"나는 가슴이 울렁거려요. 아르켜 드릴까요 열일곱 살이에요. 가만히 가만히 오세요. 요리조리로……."

창식은 그 소리에 붙잡혀 길옆으로 멈추어 섰다. 북청 출신 가수 신카나리아의 애절한 목소리였다. 가늘고 나긋나긋한 목소리였는데 이상하게도 슬픔 같은 게 찌르르 느껴졌다. 묘한 목소리 때문에 사람들은 이름도 특이한 이 가수의 노래를 좋아하는 것 같았다.

요즘 혼마치에는 이 노래가 늘상 들리고 있다. 아마도 어느 끽다점에서 틀어 놓은 것 같았다. 끽다점에서는 일본말로 부르는 일본 가요를 주로 트는데, 신카나리아의 노래

만큼은 곧잘 틀곤 했다. 창식은 그 소리에 붙잡혀 물지게를 내려놓고 고개 저편에 소란스러운 곳을 바라보았다. 일본인 집장사들이 새 집을 지으려고 초가들을 뭉개고 있었다. 초가집을 무너뜨린 자리에 서양식 문화 주택을 세우고, 그곳에 매국노 친일파들이 들어가 살게 되는 것이다.

요즘 부쩍 재개발이 많아져 여기저기 문화 주택 공사가 많아졌고 노인이나 어린 아이들은 신기한 구경거리라도 보듯 공사장 주위에 기웃거렸다. 호열자 때문에 어수선하던 거리는 끽다점과 주택 재개발로 소란스러워지고 있었다.

창식은 다시 걸음을 재촉해 물배달을 돌았다.

"오늘은 일찍 오네, 학상."

"예에. 배달이 많아요. 빨리 붓고 가겠습니다요."

"그려. 열심히 살면 좋은 날이 올 거구만."

"꼭 그리 됐으면 좋겠네요."

오전에 몇 집에 물을 부어 주고 조합 사무실 평상에 누워 낮잠을 즐기고 있을 때였다. 평상 위로 은행나무 이파리가 흔들리는 소리를 들으며 잠에 빠져들 때쯤 후미코 누나가 허겁지겁 물상회 마당 안으로 들어와 창식을 깨웠다.

"창식아!"

창식은 꿈결인가 싶어 눈을 뜬 채 그대로 있었다.

"창식아, 아버지가 피를…… 방 안이 피로…… 가득이야. 얼른 집에 가자."

후미코 누나는 까페 출근 전인지 화장기가 하나도 없는 창백한 얼굴이었다.

"어떻게 된 일이에요?"

"그건 나도 모르겠어. 요즘 계속 기침을 하셔서 아침에 들렀더니……."

창식은 후미코 누나를 자전거 뒷자리에 태우고 집으로 향했다. 핸들은 제멋대로 흔들렸고 균형을 못 잡아 금방이라도 자전거가 고꾸라질 듯 했다. 뒷자리에 후미코 누나가 없었다면 몇 번이나 넘어지고 다쳤을 것이다.

집으로 향하는 대낮의 거리는 한적했다. 물꾼들에게 낮 시간은 학업이나 물 행상, 혹은 낮잠 즐기는 시간이었다. 창식은 아침 배달을 마치고 뻗어서 잠을 자거나 야학에 가서 책을 보는 게 전부였던 터라 대낮의 거리가 낯설었다.

창식은 쉴 새 없이 페달을 밟았다. 후미코 누나는 발이 뒷바퀴에 닿지 않도록 우산살처럼 발을 펼치고 앉아 있었다. 자전거가 덜컹거릴 때마다 신경이 쓰였다.

"엉덩이 아프지 않아요?"

"난 괜찮으니 얼른 가."

"근데 누난 왜 우리 아버지한테 자꾸 오는 거예요?"

"나라도 안 오면 선생님이 참말 안 됐잖아."

선생님이라고? 자존심만 남아 있는 산송장과 같은 아버지를 선생님이라고 부르고 대우해 주는 사람이 있구나 싶었다.

"그래서 우리 아빠랑 혼인이라도 할 거예요?"

창식은 괜히 큰소리를 냈다. 사실 허세만 남았을 뿐 돈 한 푼 제 손으로 벌지 못하고 병까지 앓고 있는 아빠한테 후미코 누나는 과분한 사람이었다.

"내 처지에 무슨 결혼이니? 아빠 걱정이나 해."

큰길을 지나 골목으로 들어서면서 창식은 후미코 누나를 내려 주었다. 골목에서 자전거를 타는 건 정말 고역이었다. 균형도 잡지 못하는 데다가 배달꾼들의 자전거가 수시로 오가기 때문에 서로 부딪치기 일쑤였다.

고즈넉한 토막촌 입구에 들어서자 어린 개들이 캉캉 짖어 댔다. 개 짖는 소리가 낯설지 않았다. 대낮인데도 동네 집들은 텅 비어 있어서 마치 무덤가를 걷고 있는 느낌이었다. 대문은 열려 있었고 안집 누렁이마저 어딘가로 가 버리고 없었다.

행랑방 문을 열자 눅눅하고 싸늘한 공기 속에 지린내가 훅 끼쳤다.

삿자리는 차디찼고 그 위에 요도 깔지 않고 누운 아버지는 미동도 하지 않았다. 창식은 가슴이 쿵쿵 뛰었다. 기어이 모진 꼴을 보는구나 싶어 눈물이 왈칵 솟았다. 머리맡에는 빈 물그릇과 타구, 그리고 오줌이 가득 차 있는 요강이 있었다.

"누나! 누나!"

후미코 누나가 이미 문밖에 와서 울고 있었다. 창식은 누나에게 결혼 말을 꺼내 타박한 것이 부끄럽고 미안했다. 이 세상에 이렇듯 무력한 아버지를 위해 울어 줄 사람이 누가 있단 말인가?

"어떡해? 어떡해, 창식아!"

"누나, 빨리 사람들 좀 불러줘요. 어서요!"

아버지의 팔목에서 미미하게나마 맥박이 뛰고 있었다. 희미한 호흡이 느껴졌다. 그러나 기운이 없는지 아버지는 흔들어도 반응을 보이진 않는다. 입술은 말라붙어 허옇게 변했고, 눈도 움푹 꺼진 상태였다. 들창을 열어 환기를 시키고 이불채를 더 내려 덮어 주었다. 방 안을 둘러보니 마구 흩어져 있는 원고지가 보였다. 구겨져 있는 종이, 만년필 글씨가 어지럽게 쓰여 있는 종이도 있었다. 글자들을 보자 구역질이 올라왔다. 피를 토하고 죽어가면서도 글자들을 붙잡고 무엇을 하고 있었던 건지. 동물원에서 '왜? 왜애?' 미친 사람처럼 고함을 질러 대던 아버지가 떠올랐다.

헉헉거리며 뛰어간 후미코 뒤로 동네 남자 두 명이 따라 왔다. 선술집에서 막걸리를 마시다 왔는지 들큼한 술내가 진동했다.

"근데 창식아. 어디로 갈 거야?"

후미코가 땀으로 범벅이 된 창식에게 면 수건을 주었다.

'어디로 가지?'

가슴만 쿵쾅거릴 뿐 갈 곳을 모르겠다. 약을 먹거나 침을 맞고 뜸을 들이는 게 소용이 있을까? 약방은 동네 어디

에나 널려 있었다. 그러나 약국 의원들은 돈 밝히는 장사치들이 많았다. 호열자로 장안이 병자로 넘쳐 나는데 아무리 약방 약을 쓰고 침을 맞아도 병은 낫지 않았다. 약방 영감들은 울며불며 하소연하는 환자 가족들에게 약을 대 먹으면서 굿을 해 보는 게 어떤지 권하곤 했다. 동네방네 굿판이 벌어지고 병든 사람이나 가족은 모두 죄인이 되어 무당들의 질책을 들어야만 했다. 죽어 가는 사람들 뒤에서 약방과 무당들만 신이 난 형편이 되었던 것이다. 하지만 뾰족한 수가 있으랴. 아는 곳으로 갈 수밖에 없었다.

창식은 우선 규명약국으로 향했다. 이제까지 아버지를 위해 탕약 한 번 해 준 적이 없다는 생각이 머릿속을 빼근하게 했다. 집에서 10여 분이면 갈 수 있는 거리였다. 후미코 누나가 데려온 남자들이 창식 대신 병자를 업고 뛰어 주었다.

“병이 너무 깊고만. 약 처방만 가지고는 안 되겠어.”

규명 영감님은 혀를 찼다. 영감님의 그 다음 말은 안 들어도 알 수 있었다.

“어르신, 굿을 해야 할까요?”

"지금 굿이 될 일이냐? 얼른 큰 병원으로 가봐."

영감님이 수염을 만지작거리며 대답했다. 창식은 경성에 딱 두 곳인 종합병원을 생각했다. 돈이 많이 들어서 그렇지 죽은 사람도 살려 낸다고 사람들이 말했던 곳이다. 비싼 치료비는 어떻게 감당할 것인가? 머릿속이 깜깜했다. 세브란스는 기독교인이라면 치료비는 많이 깎아 준다고 하니 일단 그쪽으로 가야 할 것 같다.

창식이 세브란스로 가겠다고 하자 후미코는 인력거를 부르러 큰길로 나갔다. 인력거가 도착했다. 셋이 탈 수는 없었다. 인력거에 누가 올라탈 것인지 창식과 후미코가 서로 눈치를 보았다. 창식이 후미코 누나에게 부탁을 했다.

"누나, 세브란스 병원으로 가시라요. 곧 따라갈게요."

후미코는 잠깐 주저하는 듯 보였으나 고무신을 벗어 쥐고 인력거에 올랐다. 인력거를 타본 적이 없는 후미코 누나는 신발을 벗고 타는 곳인 줄 알았던 모양이다.

"근데 이름이 뭡네까?"

후미코 누나는 순박한 눈을 껌뻑이며 창식을 보았다.

"변점순, 점순이야."

"고마워요, 점순이 누나……."

아버지와 점순이 누나가 탄 인력거가 멀어지는 것을 보는 창식의 마음은 말할 수 없이 복잡했다. 입원비를 어떻게 할 것인가. 돈을 벌자고 몸을 움직여야 하는데 지금 하고 있는 일은 돈을 벌기는커녕 오히려 밀린 월급에 매달리는 꼴이다.

창식은 갑갑한 마음으로 한우재를 넘어갔다. 지난 번 왕규와 깡꾼들에게 당했던 곳이다. 북청물상회는 한우재에서 바로 마주 보이는 곳에 있었다. 당장 거기로 옮기면 일을 할 수 있는지, 아니 돈을 미리 당겨 받을 수 있는지도 물어봐야겠다고 생각했다. 고바우물상회보다 훨씬 큰 축대에 양철 깡통을 걸어 말리고 있는 깡꾼들이 무슨 말인지 나누면서 껄껄 웃고 있었다. 대여섯 명이 곰방대를 물고 이야기를 나누는데 지난번 자신과 왕규에게 손찌검을 했던 깡꾼도 보였다.

창식이 문가에서 머뭇거리고 있는데 창식을 알아본 한 명이 소리를 질렀다.

"야, 너 거기 서!"

"저놈 고바우물상회 놈이야. 뭘 또 염탐하려고 여기 왔던 거야?"

창식은 자신도 모르게 고개를 돌려 마구 달리기 시작했다. 사납게 노려보고 있는 그들 앞에서 자신을 써달라고 얘기하기 힘들 것 같았다. 왕규와 개똥은 또 어쩐단 말인가. 아버지를 살려야 하는데…… 방법은 없고 갑갑하기만 했다.

"고바우물상회에서 서정욱이 빠져 버렸대."

"그럼 고바우는 망한 거네. 그런데 저놈은 여길 왜 온 거야?"

창식에겐 이제 다른 방법이 없었다. 밀린 월급을 받아내야 했다.

창식과 개똥, 왕규는 새벽 일찍 조합장 집으로 갔다. 조합장의 집은 개똥이 늘 입에 달고 사는 문화 주택이었다. 넓은 창문과 고급스런 붉은 벽돌, 도둑을 막기 위해 높게 쌓은 담장은 한껏 웅크리고 엎드려 있는 주위 집들과 눈에 확 띄게 달라 보였다.

경성부에 그림같이 예쁜 문화 주택을 짓고 사는 사람들은 내지인들이나 매국노들이 많았다. 개똥은 조합장이 돈이 아무리 많아도 많은 대출금을 끼고 이 집을 지었을 것이라고 중얼거렸다. 문화 주택은 외국에서 들여온 자재로 짓다 보니 다른 가옥을 짓는 비용의 서너 배는 족히 든다는 것이다. 조선인들이 멋진 문화 주택에 홀려 무리하게 집을 짓고는 대출금을 갚지 못해 쫓겨났다는 기사가 조선일보나 동아일보에도 간간이 실렸다. 그런 집을 사들이는 새 주인들은 고리대금업을 하는 일본인들이 대부분이었다.

"야, 사람이 이런 집에서도 살아 봐야……."

"너는 문화 주택에만 관심이 있니? 입 좀 다물고 있어. 상처 벌어질라."

개똥은 자신의 꿈인 문화 주택을 실제로 보자 흥분해서 눈을 떼지 못했다. 담장 하나 우체통 하나 고급스러웠다. 창식과 왕규는 입을 꾹 다문 채 조합장의 집을 바라보았다. 창식은 이 집을 보자 부러움보다 분노가 먼저 일었다. 힘들고 험한 일로 번 물꾼들의 돈을 홀랑 삼킨 집 같았기 때문이었다.

"여기 보셔요! 안에 누구 계셔요?"

대문 안쪽 유리 현관문이 딸랑 소리를 내며 열리더니 파마머리 여자가 문을 열고 나왔다. 큼직한 꽃무늬가 듬성 듬성 수놓인 홈드레스에 숄을 걸치고 있었다. 허름한 차림의 물꾼 소년들은 딴 세상에 와 있는 것 같았다. 물장수에서 시작해 물상회를 열더니 물상회 십여 년만에 모던 보이, 모던 걸이 되다니. 금광만큼은 아니지만 물장사도 한탕주의를 꿈꾸는 사람들을 부추기는 사업 중 하나였다. 그렇게 부자가 되어 으리으리한 집을 짓고 살면서 물꾼들 월급을 밀리고, 돈이 없다고 엄살을 피우는 것이었다.

"무슨 일?"

화려한 차림에 냉정한 표정을 한 여자였다.

"물상회에서 왔어요."

"우린 수도 놨어요. 물 안 사요. 왜 새벽부터 이 난리야, 재수없게스리."

여자는 숄을 다시 여미더니 집 안으로 들어가 버렸다.

"여보시오, 여보시오. 고바우물상회 물꾼이라고요! 조합장님을 만나러 왔어요!"

현관문은 다시 열리지 않았다. 창문에 커튼이 내려지고 여자의 얼굴이 빼꼼히 나와 개똥이를 바라보다가 사라졌다. 창식은 집을 둘러보며 구조를 살펴보았다. 앞쪽은 높은 담장으로 가렸지만 뒤곁이 없고 바로 도로에 맞닿아 있는 구조였다. 작은 문 앞으로 개숫물이라도 버렸는지 흙바닥이 흥건히 젖어 있었다.

개똥이 앞에서 문을 흔들며 조합장을 부르는 동안 창식과 왕규는 조합장이 달아나는 것을 막기 위해 뒤쪽 문을 지키고 있었다. 조합장은 나오지 않았다. 아예 텅 빈집처럼 대꾸가 없었다. 창식은 손짓으로 왕규와 개똥을 불렀다.

가까운 시간에 물을 안에서 쓰고 버린 흔적이 있는 걸로 봐서 안에 사람이 더 있는 게 확실했다. 흙바닥이 마르면서 달착지근한 왜간장 냄새가 올라왔다.

"확 차고 들어가 버릴까?"

왕규의 말에 창식은 고개를 흔들었다.

"안 돼!"

왕규는 힘으로 상대를 제압하는 것 밖에 모른다. 싫으면 그 길로 주먹 쥐고 달려드는 것이다. 뒷문 쪽으로 바짝 붙어 문고리를 잡아 보았다. 문고리가 살짝 열릴 듯 벌어지며 흔들렸다. 창식은 개똥까지 불러 뒷문을 공략하기로 했다. 어떻게든 조합장을 만나야 한다. 더 많은 사람들이 희생되는 걸 막기 위해서도 말이다. 혹시 안에 있는 사람들과 몸싸움을 하게 될 수도 있었기 때문에 지겟작대기를 들고 서 있었다. 왕규와 개똥이 문을 확 잡아당기자 으지직 소리를 내며 문이 열렸다.

'일단 만나야 해. 말을 해야 해.'

개똥이 문을 잡고 섰고, 창식이 안에 대고 소리를 질렀다.

"조합장님!"

집 안은 고요하기만 하다.

"조합장님! 저희 고바우물상회 물꾼들입니다. 안에 계신 거 다 알고 있어요. 안 나오시면 저희가 들어갈랍니다!"

안쪽 문이 확 열리면서 파마머리 여자가 나오더니, 더 이상 못 참겠다는 듯 소리를 질렀다.

"야, 이 순 깍정이 같은 새끼들아! 어딜 기어들어 오겠다는 거야?"

깍정이라는 말을 가장 싫어하는 개똥이 쾅 소리가 나게 문을 거칠게 닫아 버렸다. 그 바람에 뒷문에 창처럼 달린 유리가 와장창 깨졌다.

여자가 놀란 눈으로 뒤를 흘낏거렸고 뒤이어 기침 소리가 들려왔다. 조합장이 있는 게 분명했다. 저쪽에서 이쪽

동향을 살피며 시간을 벌고 있었던 거였다.

"조합장님!"

"이것들이! 다짜고짜 쳐들어와서 이게 무슨 짓이야, 썅!"

"묻고 싶은 게 있어요!"

왕규의 대답이 다 끝나기도 전에 조합장은 매몰차게 말했다.

"너희들 기물 파손한 거 다 물어내. 오갈 데 없는 떨거지들 기껏 먹여 살려 줬더니, 주인을 물어?"

창식은 부르르 떨었다.

"오갈 데 없는 것들? 떨거지? 주인?"

왕규가 얼굴을 붉히며 눈을 사납게 뜨자 창식이 왕규를 막았다.

"왕규, 참아! 감정대로 하다간 다 망친다."

뒷문에 조금 남아 있던 유리가 바닥으로 쏟아졌다. 걸쇠도 덜렁거리고 있었다.

왕규가 계단을 올라 열린 문 안으로 성큼 뛰어들자 창식과 개똥도 뒤를 이어 들어갔다. 왕규 손에 들려 있던 작대기는 개똥이 얼른 빼앗아 던졌다.

"이게 뭐 하는 짓이야?"

조합장이 소리 질렀다.

"월급 주세요. 밀린 월급을 달라고요. 얘네 아버지 폐병으로 입원했어요. 그 돈을 대야 하는 게 얘라고요."

조합장은 왕규의 말을 듣는 둥 마는 둥 옆에 앉아 있던 남자를 힐끔 바라보았다. 남자는 술병을 치우며 부스스한 머리를 쓸어 올렸다. 길게 트림을 하는데 술 냄새가 진동했다. 그는 얼마 전 폐업한 청계수상인조합의 조합장이었다. 청계 조합장은 눈을 깜빡이며 손으로 다독이는 시늉을 했다. 조합장의 목소리가 갑자기 낮게 눅어졌다. 무슨 손짓인가 하고 개똥이 유심히 바라보았다.

"지금 물일을 한 지 얼마나 됐다고 그렇게 끌탕을 하냐? 삼사 년 넘은 고참들도 이렇게 요란을 떨진 않아. 우리도 다 물꾼하면서 그렇게 살았던 사람이라고."

"지금 조합장님은 살만 하시잖아요. 문화 주택에서 살고!"

왕규가 눈을 부라리며 대들었다.

"이 새끼가 누구한테 감히? 쥐새끼 같은 서정욱이 돈을 홀랑 들고 튀었다고 내가 몇 번을 말했어? 내가 안 주겠다고 했냐고! 나도 피해자라고. 자식들아!"

"그럼 월급도 못 받으면서 일을 계속 하라는 겁네까?"

창식이 거들었다.

"안 준다는 게 아니라 조금씩 나눠 주겠다고. 정욱이 놈을 찾으면 다 토해 내라고 해야지. 네놈들보다 내 속이 더 끓어."

조합장은 답답하는 듯이 가슴을 쳤다. 그가 움직일 때마다 술 냄새가 풍겼다.

"총무님이 왜 그런 짓을……, 정말로 그랬을까요? 그럴 이유가 없잖아요."

창식이 의심 가득한 눈으로 조합장에게 물었다. 조합장이 세 사람을 번갈아 훑어보았다.

"낸들 알아? 개눈깔이라도 해 박고 새장가라도 가서 팔자를 고치려고 그랬나 보지."

"셋째 아이가 태어났는데요."

"그것 때문이네. 애 뒷바라지를 하려고 조합돈을 갖고 튀었겠지."

"너무하시는 거 아닙니까? 십년을 고바우물상회에서 일을 한 사람한테!"

"이놈들이? 새벽 댓바람에 함부로 남의 집에 들이닥쳐서 문까지 뜯고도 그런 소리가 나와? 주재소에 신고해서 다 집어넣기 전에 얼른 돌아가!"

창식은 조합장의 태도에서 서 총무가 스스로 고바우물상회를 나가지 않았다는 것을 확신하게 되었다. 서 총무를 본 마지막 날, 사무실 뒤켠에서 그와 만났던 불량스런 놈들은 아무래도 조합장과 관계가 있는 것 같았다. 조합장은 자신에게 필요한 것만 세는 사람이었다. 고바우물상회의 앞날, 물꾼들의 노동이나 생활 같은 건 안중에도 없었다. 저런 사람 밑에서 몸이 부서져라 일한 서 총무가 불쌍했다. 그리고 일터를 사랑했던 그가 안타까웠다.

"다시 말하지만 나 김만복이 물꾼들 월급이나 떼어먹는 건달 아니다. 나도 맨손으로 시작해서 여기까지 왔어. 내가 너희 사정 다 알아. 너네 물방에서 먹고 자면서 야학까지 다닌다며? 서 총무 그 새끼만 날라 버리지 않았다면 너희들 꿈도 이뤄졌을 거야. 이제 새 총무도 왔고, 서 총무 잡으면 밀린 월급도 주고, 월급도 전처럼 맞춰 줄 테니 나한 번만 믿어 봐라."

홈드레스의 여자가 앙증맞게 생긴 잔에 커피라는 차를

내왔다. 혼마치 거리에 은은히 풍기던 향이 낯선 서양 차였다. 흑빛에, 구수한 향에, 혀를 마비시키는 독한 맛이었다. 개똥이 차를 입에 대 보고 인상을 찌푸렸다. 내지에서 온 것들은 향기는 요란하고 자극적이었다.

"과일도 좀 내와야지 뭐 하고 있어?"

조합장이 뻘쭘하게 서 있던 홈드레스 입은 여자에게 대뜸 소리를 질렀다.

"귀한 과일을 왜요?"

여자도 맞받아 소리를 질렀다.

"거, 병원비 하게 얼마라도 좀 챙겨 와."

여자는 구시렁대면서 부엌 쪽으로 돌아갔다.

"서 총무가 다 토해 놓으면 그날로 밀린 돈은 즉시 준다. 그 새끼가 여기 다시 올 일은 없겠지만 말야."

여자가 안방으로 들어가 봉투 한 개를 가지고 나왔다.

"아버지 약값은 일단 이걸로 보태. 너한테만 다 줄 수는 없어. 이거 받고 얌전하게 있어."

개똥이 봉투 속 돈을 꺼내 보았다.

"내려놔. 받아선 안 돼!"

창식이 낮게 속삭였다.

"그 돈이 떡밥인거 몰라. 그 돈 몇 푼으로 땡 치려는 거라고."

개똥은 붉으락푸르락 하는 창식의 얼굴을 의아하다는 눈빛으로 바라보았다.

"20원이야."

개똥이 낮은 소리로 속삭였다.

"알았어. 다시 봉투에 넣기나 해."

왕규가 말하지 않았다면 개똥은 자신의 주머니에 얼른 집어넣었을 지도 모른다. 창식은 속으로 혀를 찼다. 밀린 월급을 받으려면 사소한 것으로 꼬투리를 잡혀서는 안 된다. 개똥은 지금까지 수금한 돈에 손을 댔다가 몇 곳에서 알발로 쫓겨났다고 했다. 월급이 밀려서 그랬던 것이지만 결국 주인들은 개똥을 좀도둑이라며 한 푼도 주지 않고 쫓아낸 것이다. 그에 비해 창식은 정직하고 성실하게 일을 하고 헌 자전거라도 퇴직금으로 받을 수 있었다.

"사사로운 돈에 손댔다가 일 자체를 망칠 수가 있어. 정신 차려."

창식의 말에 개똥이 고개를 끄덕이고 봉투에 돈을 넣었다.

"이 돈으로 어림없어요. 저희 아버진 약으로 간신히 지탱했지만 이제 목숨이 위태로워요. 저뿐 아니에요. 다른 사람들도 젖먹이 아기를 길러야 하고 자식들 학비를 벌어야 해요. 힘든 물장수를 하는 건 이유가 있는 거잖아요. 물꾼들 밀린 월급을 다 정산해 주세요."

창식의 말을 들은 조합장은 어이없다는 표정으로 나란히 앉은 셋을 훑어보았다.

"그럼 난? 난 뭐야? 너희 벌게 하려고 그 돈 들여 물상회를 차린 줄 알아? 이 집도 대출이 대부분인데 언제 다 갚느냐고?"

"월급도 못 줄 거, 물상회를 차리지 말고 혼자 물 행상을 하셨어야죠? 우리가 돈도 받지 못하고 일을 왜 합니까? 진짜로 돈이 없는 게 맞기는 합니까?"

왕규가 할 말을 다 했다. 양 허리를 잡고 서 있던 조합장은 이마를 주먹으로 콩콩 때렸다.

"서정욱 그 새끼가 와서 계속 돈 달라고 졸라 댔을 때 딴데다 넘기든지 했어야 했는데……. 야, 알았으니까 가 봐. 한 달 안에 대책을 마련할게."

"보름 뒤, 시월 마지막 날 물꾼들을 모을게요. 아침 일찍 모이라고 할 거니까 그때 와 주세요. 와서 확답을 주세요."

목소리를 높여 싸우려고 달려드는 왕규와 달리 창식은 오히려 냉정하게 가라앉았다.

"건방지게 왜 나한테 이래라저래라 하는 거야?"

"고바우물상회가 이대로 무너지면 안 됩니다. 지금 분위기도 안 좋고 일꾼들도 자꾸 빠지고 있는데 확실하게 얘기해 주셔야 남아서 일을 할 거 아닙니까. 조합장님도 아무 죄 없이 이런 일을 당하신 거 아니에요?"

창식의 말을 들으며 뒤편에 묵묵히 앉아 있던 청계 조합장이 거들었다.

"나간다고 해요. 일꾼들한테도 막말하지 말고."

"이 비싼 집 망가뜨린 건 어쩌고?"

"사람 죽어간다는데 제 정신이겠소? 그건 좀 봐줘야지……."

커피를 홀짝거리며 청계 조합장이 계속 훈수를 두었다.

개똥도 얼른 청계 조합장을 따라 커피를 마셔 보았다. 입술 수술 자리는 잘 아물어 가고 있었다. 입술을 건드리지 않으려고 용을 쓰며 간신히 액체를 흘려 넣었다.

"조합장님, 나오세요. 네?"

개똥이 커피 잔을 내려놓으며 부드럽게 말했다.

"서정욱이놈 때문에 인간관계 다 망가진다니까. 배은망덕한 놈. 같은 피해자인 우리가 서로 조금씩 양보하는 수밖에 없어."

"그렇죠. 조합장님이 저희 돈을 떼어먹을 분은 아니죠."

개똥은 코맹맹이 소리도 안 내고 미음, 비읍 발음도 정확하게 했다. 개똥은 아물어 가는 수술 자국을 옴싹거리며 조합장을 물꾼들 모이는 자리에 나오게 하려고 열심히 비위를 맞춰 주었다. 창식은 거만한 조합장을 보면서 생각했다.

'저 사람은 우리랑 대화를 나눌 생각이 없다. 또 핑계를 대면서 우리 월급을 떼어먹을 거야. 결국 서정욱 총무를 찾아야 답이 나오는 건가?'

창식은 분이 났다. 평소 조합에 제대로 나오지도 않던 조합장이 물꾼들이 일하고 수금한 돈을 마구 갖다 썼다는 게 참을 수가 없었다. 문화 주택이, 화려한 술상이 그 증거였다.

"총무님이 그런 일을 저질렀다니 저희도 많이 실망했어요. 하지만 만에 하나 그게 아니라면……."

창식은 낮은 소리로 또박또박 말했다.

'그게 아니라면 당신은 우리의 돈을 다 내놓아야 합니다!'

말로 내놓진 않았으나 눈빛만은 이글이글 빛났다.

"아니라면 뭐? 뭐? 이 새끼가 제일 기분 나빠. 너 뭘 알고나 협박하는 게냐?"

조합장이 벌건 얼굴로 말했다.

"그런 거 없어요. 다만 그게 아니라면 조합장님이 책임지셔야죠."

"당연한 거지. 더 말해 뭐 해?"

"그러면 시월 마지막 날 꼭 와 주세요. 오늘은 이 정도로 하고 갈게요. 오늘 한 말씀 잊지 마세요."

"……."

"그러겠다 해요. 뭐 어려운 일이라고 질질 끌어."

청계 조합장은 커피잔을 툭툭 건드렸다.

"젠장. 이건 일꾼들이 상전이야. 알겠어. 시월 마지막 날 아침에 간다고 일꾼들에게 말해."

조합장 집에 들이닥쳐 뒤집어엎겠다고 호기를 부렸으나 그들에게 돌아온 건 밀린 월급이 아니라 말로 맺은 약속뿐이었다. 서 총무의 말이라면 이렇게 공허하지는 않았을 것이다. 자기 식으로 듣고 말하는 조합장과 한 약속을 믿어도 될까? 자리에 나온다 한들 밀린 월급을 줄까? 창식은 속으로 고개를 흔들었다.

'시월 말이 되기 전에 무슨 수를 써서라도 총무님을 찾아야겠다.'

조합장의 집을 나서는 창식과 왕규, 개똥의 발길은 무거웠다.

개똥은 아쉬운지 조합장의 문화 주택 주변을 어슬렁거리다가 창식의 뒤를 좇았다.

"야, 창식아. 같이 가."

"야, 새끼야."

창식은 개똥을 사납게 노려보았다.

"왜?"

창식은 보통 때는 과묵하고 수더분한 편이지만 화가 나면 불을 뿜는 성격이기 때문에 개똥과 왕규는 주눅이 들어 어깨를 떨었다.

"거기서 돈을 보고 껄떡거리면 어떡하냐?"

"뭘 그래? 받지는 않았잖아?"

"넌 우리가 거길 왜 갔는지 몰라? 그 돈 왜 줬는지 몰라? 조합장 그놈이 다른 물꾼 아재들이랑 우리를 이간질시키려고 그러는 거라고."

창식은 화가 나서 펄펄 뛰었다.

"니넨 아버지도 있고 돌아갈 집도 있잖아. 난 혼자 살아남아야 해서 그래. 그만큼 돈이 급하다고."

"그래도 양심에 거리끼는 짓은 하지 말아야지. 그래서 20원 챙기고 밀린 월급 다 떼일래?"

"알았어, 알았다고. 다신 안 그럴게."

개똥이 대답하자 왕규가 콧방귀를 뀌었다.

"지랄하네. 딱 보면 개똥이 형, 욕심이 많아서 배신자가 되기 쉬운 성격이지 않냐?"

"날 어떻게 보는 거야? 두고 보라고. 내 덕을 볼 날도 있을 테니."

왕규와 창식의 공격에 할 말이 없어진 개똥은 한동안 입을 다물고 있다가 다시 대화에 끼어들었다.

"근데 너희, 고바우물상회 없어지면 어디로 갈 거야?"

역시 생활에 민감한 개똥이었다.

"모르지. 어쨌든 난 아버지 집으론 다시 안 가. 이제 새

아들까지 생겼는데, 아버지한테 내가 필요하겠어? 그 여자도 날 가만 놔두지 않을 거고."

"그래라 그래. 언제까지 우리랑 있을지는 모르겠지만."

창식은 왕규의 팔을 끌고 도로를 건넜다. 딸랑거리는 전차 소리에 셋은 잠시 멈추었다가 다시 걸어갔다.

"근데 이번에 갔을 때, 훈장을 우물에 버린 이야기 안 하더라."

"다행이네. 의외로 너네 부모님은 마음이 넓어."

"모르는 말씀. 넌 명절마다 잔치마다 유모 할머니네 집으로 쫓겨 가는 심정을 모를 것이다. 그 집은 이제 내가 있을 곳이 아니야."

"그래도 네가 뭔가 할 수 있을 때까진 참고 힘을 길러야지."

"너나 잘해. 난 너처럼 답답하게 살진 않을 거야. 네가 집안의 소냐? 뭐든 다 네가 해야 해?"

왕규의 말을 들은 창식은 배오개 우시장에 몰려 서 있던 소들을 떠올렸다. 정말로 자신의 신세가 똑 그 소들 같았다.

"약국 영감님이 생각 있으면 다시 돌아오라고 했는

데……. 거긴 벌이가 너무 적어 아버지 약값도 못 벌겠지 뭐냐?"

"어? 넌 북청 출신이니까……. 북청물상회로 가 봐. 저희끼리 워낙 똘똘 뭉쳐 있고, 깡꾼들이 돈을 더 잘 버니까 월급 밀리는 일은 없을 거 아니냐? 이참에 깡꾼이 되는 건 어때?"

개똥이가 불쑥 북청물상회 말을 꺼냈다.

"너희들은 어쩌고 혼자 어떻게 가겠냐?"

"한가한 소리한다. 당장 벌이가 좋은 쪽으로 가서 자리를 잡아야 아버지도 구하고 우리도 어떻게 네 덕 좀 볼 거 아냐."

"……."

개똥의 말이 옳을지 모른다. 지금 가장 다급한 사람이 누구인가? 자기 발등에 불이 떨어졌는데 친구들 생각이라니. 하지만 영 내키지 않았다. 밀린 월급, 서정욱 총무, 월급 밀린 물꾼들……. 먼저 해결해야 할 일이 있었다.

"이번 주까지 시월 말일 일을 생각해 보자. 뿔뿔이 흩어지는 것보단 함께 움직이는 게 좋잖아. 이번 일은 제대로 이겨야 하는 거다."

창식의 말에 왕규와 개똥이 고개를 끄덕였다.

"지금 제일 급한 건 서정욱 총무를 찾는 거야."

왕규가 눈에 힘을 주며 말했다. 그러자 개똥도 결심한 듯 말했다.

"그래. 할 수 있는 건 다 해 보자."

12

작은 새의 싸움

"선생님. 그냥 포기하기엔 너무 억울해요."

창식은 야학의 김강숙 선생님을 찾아가 보았다. 도움을 구할 사람은 선생님뿐이었다.

"근데 아무리 생각해도 너희 힘만으론 힘들 것 같아."

선생님이 머리를 쓸어 올리며 대답했다. 몇 년 간의 고초 때문인지 단정하게 틀어 올린 머리 타래에 흰 머리카락이 반도 넘었다.

"왜요?"

"원래 가진 사람들은 못 가진 사람들의 이야기를 듣지 않는단다."

"맞아요. 조합 사람들이 따지는데도 조합장은 눈 하나 깜짝하지 않았어요."

"쯧쯧. 거 봐라."

선생님은 말없이 교회당 문 너머 흐린 하늘을 바라보고 서 있었다. 언덕으로 지게를 진 노인들이 올라오는데 이사라도 하는지 산더미처럼 많은 짐을 짊어지고 있어 마치 짐이 홀로 움직이는 것처럼 보였다. 몸을 지탱하려고 힘을 주는지 장딴지가 팽팽했다. 노인 뒤로 또 한 사람은 멍석으로 둘둘 만 것을 지고 걷다가 멈춰서 에고에고 울고, 걷다가 다시 멈춰서 울고 하였다. 상여도 없었다.

멍석으로 둘둘 만 것은 호열자로 죽은 송장일 것이다. 너무 많은 사람이 죽었기 때문에 아무리 저승으로 가는 마지막 길이라 해도 화려한 상여를 태울 수는 없었다.

"싸워 본다고 해도 결과는 너무 뻔하고."

창식은 조마조마한 마음으로 선생님의 말을 기다렸다. 무모한 짓이니 하지 말라고. 빨리 다른 물상회로 옮기는 게 낫겠다고 말할까 봐 걱정이었다.

'선생님마저 나한테 그만두라고 하면 어쩌지?'

실낱같은 희망이라도 잡기 위해서는 계속 나아가라는

격려가 필요했다.

"창식아, 이런 이야기 들어봤니? 어떤 새들은 말이다, 어린 새끼나 부화 중인 알들이 위험에 빠질 때, 그러니까 덩치가 큰 새들이 다가오거나 그러면 크고 날카로운 소리로 요란을 떤댄다. 큰 새들에게 기를 쓰고 달려들거나, 배 속의 음식을 게워서 뿌리기도 하고, 큰 새의 발이나 부리, 날개를 쪼기도 한다는구나. 찌르레기 같은 작은 새들은 둥지로 접근하는 까마귀를 공격해. 이렇게 죽기 살기로 달려들면 작은 새라고 얕보고 덤빈 까마귀가 놀라서 달아날 수밖에. 근데 이건 여러 번 쓸 수 있는 방법은 아니야. 어쩌면 딱 한 번이야. 어쩌면 일생에 한 번. 작은 새들이 때로는 사나운 매에게까지도 이런 공격을 하는데, 그럴 땐 무리를 지어 한단다. 작은 새들이 뭉쳐서 매 주위를 시끄럽게 지저귀며 날아다니고 성가시게 굴어 결국은 물러나게 만드는 거란다."

선생님은 말을 마치고 창식이를 바라보다가 한숨을 쉬었다.

"하아……, 나쁜 자식들. 나라를 잃고도 제 정신을 못 차리고 제 민족의 피를 빨아?"

선생님은 뿔테 안경을 한번 들었다 놓았다.

"모든 사람이 똑같이 보고 듣는 건 아니다. 그치? 똑같이 깨닫는 건 더더욱 아니고. 알아듣겠니?"

선생님 표정이 복잡했다.

"선생님, 저는 어떻게 하면 좋을까요?"

창식이 물었다.

"일단 싸워야겠다 마음을 먹었다면 갈 데까지 가 보자. 근데 힘을 모아 함께해야 해. 맘 준비는 단단히 하고."

"정말요, 선생님? 역시 끝까지 해 봐야겠죠?"

"그럼. 기운 잃지 말고 꼭 월급을 받아 내자꾸나."

창식이 문밖으로 반짝 드러난 햇살을 내다보았다. 야학당 쪽문 밖으로 경성부의 시내가 한눈에 내려다보였다.

김강숙 선생님을 만나고 용기를 얻은 창식이 물상회로 돌아와 개똥이와 왕규를 찾았다. 왕규는 일을 나가 아직 돌아오지 않았다. 창식은 개똥이한테 선생님 이야기를 전했다.

"이번에 월급을 못 받으면 우린 돈 한 푼 받지 않고 조합장 문화 주택만 지어준 꼴이다. 그치?"

개똥이 잘 마른 물통을 고르며 창식에게 말했다. 개똥의 또렷한 발음이 어색할 지경이었다.

"맞아. 어떻게 할지 궁리를 하자 궁리를."

창식이 자신의 머리를 툭툭 치며 말했다.

"근데 말야…… 넌 정말 정말로 이게 될 싸움이라고 생각해?"

개똥이 창식에게 물었다.

"어! 물론이야."

"정말, 정말로? 하지만 못 받으면? 못 받으면 어쩔 건데?"

개똥은 확인하고 또 확인한다.

"내가 갚아 주마. 됐냐, 자식아!"

창식은 자꾸 되묻는 개똥에게 소리를 꽥 질렀다.

"알았다고! 성질하고는……."

안 주겠다는 월급을 받아 낸다는 건 개똥이로서는 믿기지 않는 일이었다.

"이렇게 당하면서 살 순 없어. 정신을 차리고 찾아보면 뭔가 방도가 생기겠지."

창식이 개똥의 어깨를 치며 말했다.

"그런데 조합장 옆에 있던 사람 누군지 알아? 지난번 문 닫아서 난리 났던 청계물상회 조합장이었어. 월급도 정리 안 하고 조합을 팔아 넘겨서 물꾼들 월급이 날아가 버린 거 아니냐. 이제 조용해지니까 살살 돌아다니고 있는 거지, 뻔뻔스럽게. 그 사람이 조합장 옆에서 훈수를 두고 있는 한 우리 물꾼들이 밀린 월급을 받을 방법은 없을 거 같은데. 우릴 지쳐 떨어지게 만들겠지."

개똥이 말하고 나서 한숨을 길게 쉬었다.

북청에서 올라온 순진한 소년, 창식은 경성에서 몇 년 일을 해 보고는 돈이 개입된 곳에는 어떤 양심도 없다는 것을 알게 되었다. 가진 것 없는 사람들은 끊임없이 일자리를 찾아 헤맸고 무리한 노동에 시달렸으나 빈손으로 쫓겨나는 일이 허다했다. 그러므로 개똥이가 월급을 못 받을 거라고 생각하는 건 당연했다.

"나 오늘 신간회✦에 가 보려고……."

개똥을 보며 창식이 말했다.

✦ 신간회: 1920년대 후반에 결성된 대표적인 항일 단체. 좌우익이 합작하여 세운 단체로 전국에 각 지회를 두고 수만 명의 회원을 확보하여 활동했다.

"아버지한테는 안 가 보냐?"

"병원비를 해결해야지. 당장은 후미코, 아니 점순 누나가 있잖아."

"병원비는 어떡해?"

"빨리 월급을 받아야지."

"아휴, 한심해."

"뭐가?"

"모르겠어? 너 돈 못 받아. 고로 니네 아버지 병원에서 쫓겨난다고."

"아냐. 꼭 받을 수 있어. 꼭 받고 말거야."

"이게 될 일이 아닌데……."

"그럼 관 둬! 나라도 갈 거야."

한동안 말이 없던 개똥이 입을 열었다.

"나도 가 볼래."

개똥의 말에 창식은 웬일이냔 뜻으로 눈을 동그랗게 떴다.

"너 오늘 배달 많은 날이잖아. 시간 나면 물 행상으로 바쁜 놈이."

"월급 떼어먹히면 다 쓸데없는 짓이야."

"잘 아네. 내 말이 그 말이야."

창식이 맞장구치며 개똥이 등을 두드렸다.

조합 사무실에는 삼삼오오 짝을 지어 물꾼들이 앉아 있었다. 표정은 좋지 않았다. 보상받지도 못하는 노동을 기쁜 맘으로 할 사람은 아무도 없을 것이다. 조합장 사촌이라는 사람은 사무실에 제대로 나오지도 않았다. 그나마 미스 김만 지게 수를 세고, 물통 상태를 보고 있었다. 왕규는 밀린 일이 많은지 그동안 못 했던 일 때문인지 낮이 기울 무렵에도 감감무소식이었다.

창식과 개똥은 김강숙 선생님과 함께 길을 나섰다. 지난번 창식의 고민을 들었던 선생님은 어떻게 싸울지 함께 상의해 주고, 신간회에도 함께 가 주겠노라고 했었다.

관수동의 낡은 양복점 2층에 있는 신간회는 고바우물상회보다도 작은 사무실이었다. 나무 계단도 삐걱댔다.

처음에는 개똥이 상황 설명을 시작했지만 흥분해서 몇 번이나 말이 막히자 선생님이 고바우물상회의 상황을 대신 설명해 주었다. 신간회 노동위원회 간사는 이야기를 다 듣고는 혀를 찼다.

"거, 전형적인 수법입니다. 지금 조합장은 물상회를 딴 놈한테 넘기고 돈을 최대한 챙겨서 도망치려고 준비하고 있는 게 분명합니다."

"물꾼들은 싸움이 안 될 거라 생각하고 짐을 싸기 시작했대요. 날이 추워지면 물꾼들은 다 떠나고 결국 싸워 보지도 못할 겁니다."

"맞아요. 이대로 가다간 고바우물상회 물꾼들을 다 맨손으로 나올게 뻔해요. 잘해야 지게 하나 건져 나오겠죠."

개똥이 체념하듯 말했다.

"지난번 원산의 제사 공장들도 이렇게 비슷한 일을 겪었습니다. 신간회가 같이 싸웠고, 모두가 질기게 싸운 끝에 체불 임금을 받아 냈지요. 물론 다 받지는 못했습니다. 공장장과 일제 놈들이 워낙 악독하니까요. 그래도 싸워야 수가 생깁니다."

노동위원회 간사는 말을 마치고 어깨를 으쓱해 보였다.

"어떻게요? 어떻게 받아 냈어요?"

개똥의 눈빛이 빛났다.

"어쭙잖게 나섰다 쉽게 꺾이면 안 되고, 준비를 잘 한 다음 똘똘 뭉쳐서 대대적으로 요란을 떨어야 합니다."

월급을 받을 수만 있다면, 여기저기 떠벌리며 요란을 떨어서 받은 게 사실이라면, 그렇게 할 것이다. 김강숙 선생님이 말한 작은 새의 싸움 이야기와 같았다.

'똘똘 뭉쳐서 요란을 떨어야 한다!'

이 말이 창식이와 개똥이의 마음에 새겨졌다.

"우선 말이죠, 여러 곳에 알려서 함께 압력을 가해 줄 사람들이 있나 찾아보세요. 5년 전 있었던 원산 파업은 이 협공의 효과를 확실히 보았어요. 원산은 방직 공장이 몰려 있잖아요. 처음에는 한 공장에서 공장장이 폭력을 휘두르고 잔업을 무지막지하게 시키는 바람에 파업이 시작되었어요. 한 곳 두 곳 연이어 파업을 시작한 게 끝에는 100곳을 넘었으니까요. 이 100곳에서 20여 년 동안 꾹꾹 눌러 참았던 게 폭발하는데……. 와, 대단했어요. 사방에서 매일 북 치고 장구 치고 했던 거죠. 그 규모가 만 명을 넘어간다고 생각해 보세요. 공장 측에서 겁을 먹을 수밖에요. 많이 모일수록 크게 떠들수록 이기는 겁니다."

창식은 자신을 기차 태워 주던 당숙 생각이 났다. 뭉툭하고 거친 손, 그러나 따뜻했던 손. 그런 손을 가진 사람들이 모여서 싸웠겠구나 하는 생각이 들었다.

"우리 조합장은 눈 하나 까딱하지 않을 것 같은데요."

개똥은 수술 자국을 누르며 한숨을 쉬었다.

"과연 그럴까요? 일단 고마우물상회 조합장한테는 우리 물꾼들이 너를 보고 있다, 네가 뭘 하려는지 알고 있다, 너를 바라보는 눈이 우리 말고도 많다, 이걸 알려줘야 합니다. 이러면 쉽사리 사기를 치고 움직일 수가 없어요. 의외로 사람들은 '보는 눈'을 무서워합니다. 우리 신간회가 커다란 나팔이 되어줄 순 있거든요. 전국에 150개 지부가 있습니다. 회원만 수만 명이지요. 그 사람들이 한 마디씩 떠들어도 조선에서 발도 못 붙이게 할 수 있습니다."

간사의 설명에 창식과 개똥의 마음이 두근거렸다.

"마지막이라는 심정으로 찾아왔으니 제발 밀린 월급을 제대로 받게 도와주세요. 우리도 할 수 있는 일은 무엇이든 할 거예요!"

"물상회 물꾼들을 모아 봅시다. 최대한 모아야 합니다."

"시월 마지막 날로 날짜를 잡았거든요. 조합장도 온다고 했고요. 그런데 그전에 할 일이 있어요. 서 총무를 찾아야 해요. 그 자리에 총무도 나와야 해요."

"서 총무가 그렇게 중요한 사람인가요?"

"예. 조합장의 말은 믿을 수가 없어요. 총무를 찾아서 진실을 알아내야 해요."

"그렇군요. 그럼 모이기로 한 날 전까지 꼭 총무를 찾아야겠습니다. 시월 마지막 날, 우리도 지원단을 보내도록 하겠습니다. 몇 차례가 됐건 계속 나가겠습니다. 조합장이 자리에 왔을 때 약조를 받아 내야 합니다. 일단 구체적인 정황을 적어서 우리한테 갖다 주세요."

"아! 왕규는 늘 기록하잖아. 그걸 찾아볼 수 있겠니?"

김강숙 선생님이 왕규의 수첩을 언급했다. 개똥은 물방 한쪽 구석 옷가지 속에 수첩이 있는지 뒤져 봐야겠다고 말했다.

개똥은 내내 다리를 떨었다. 선생님이 개똥의 무릎을 가만히 눌렀다. 개똥은 구순열 수술 즈음부터 다리를 떨기 시작했는데 수술이 잘 끝났는데도 계속 그랬다. 마음이 늘 불안하고 초조한 것 같았다. 스무 살이 되기도 전에 개똥은 사는 게 너무 무겁고 지겹고 두려웠다.

"죄송해요. 불안해가주구."

개똥이 선생님을 보면서 멋쩍게 웃었다.

"걱정 마. 무엇이든 같이 할 거니까."

창식이 개똥의 손을 꾹 잡았다.

자꾸만 떨리는 다리를 누르며 개똥은 창식과 선생님과의 인연을 생각했다. 떼인 월급 대신 외상값을 받으러 다닐 때도 같이 다녀 주었던 창식은 개똥이 수술하고 입원해 있는 동안 일도 대신 해 주었다. 야학에서 만난 김강숙 선생님은 제자들의 억울할 사정을 듣고 도움을 주려고 나섰다. 세상에서 받은 것도 없고, 사람한테 얻은 것도 없었던 개똥은 사람을 믿지 않았다. 손에 쥔 돈만이 가장 확실했다. 그런데 어쩌면 돈보다 더 믿을 수 있는 사람이 자신에게도 생긴 것 같아 마음이 뜨거워졌다. 창식이 자신의 곁에 있어 준 것처럼, 강숙 선생님이 자신을 돕는 것처럼 개똥도 그런 사람이 되고 싶어졌다.

신간회 간사는 창식에게 전화번호를 적은 종이를 주었다. 전화기는 사무실 1층에 있는 양복점 것을 빌려 쓰고 있노라고 했다. 전국에 지부가 있는 대규모 조직이라는데 형편은 몹시 어려운 모양이었다. 창식은 골똘히 생각에 잠겨 있는 개똥을 팔꿈치로 쳤다.

"뭘 그렇게 생각하냐?"

"아무것도 아니야."

개똥은 아직도 얼얼한 입에 손을 또 댔다.

"잘 아물고 있는데 자꾸 손대지 마."

창식이 웃으며 핀잔을 주었다.

왕규가 호열자 병동으로 갔다는 걸 전해 들은 건 물방으로 돌아갔을 때였다. 물방에 돌아와 쉬던 왕규의 몸은 점점 뜨거워졌고 얼굴에 붉은 열꽃이 피기 시작했다고 했다. 호열자관에서 보았던 환자들과 똑같은 증상이었다. 황 씨 아저씨가 업고 병원으로 갔다고 누워 쉬던 물꾼들이 전해 주었다. 호열자 증상이 보이면 아무도 가까이 하려 하지 않는데 물방 아저씨들은 왕규를 병원에 데리고 가 주었다. 창식은 마음이 찡했다. 창식과 개똥은 바로 왕규를 보러 나섰다.

세브란스 병원 주변은 병자들과 보호자들로 북적거렸다. 건물 밖이 북적거리는 도로였으므로 병원 밖으로 나와 볕 바라기를 하고 있는 환자들과 진료 순서를 알리는 간호부들이 행인들에 뒤섞여 마치 장터처럼 북적였다.

창식과 개똥이 먼저 병원에 도착했다. 김강숙 선생님도

곧 오신다고 했다. 병원에 들어가기 전 약을 치고 몸을 털었다. 몸을 움직일 때마다 허연 가루들이 날렸다. 개똥은 자기도 모르게 재채기를 해댔다. 왕규의 병실을 찾아가면서 창식은 아버지 병실부터 가야 하나 잠시 망설였다. 아버지는 왕규와는 다른 건물 병동에 있었다. 아버지를 자주 찾아뵙지 못해서 마음이 무거웠다. 점순 누나가 돌보아 주고 있어서 그래도 다행이었다. 창식과 개똥은 왕규가 있는 병실로 들어갔다. 왕규는 얼굴에 열꽃이 남아 있었다.

"언제부터 이런 걸 뿌려 주니?"

왕규는 신기한 듯 창식과 개똥을 보았다.

"우리도 처음 봤어. 우리가 김강숙 선생님이랑 신간회 만난 이야기 아직 못 들었지? 강숙 선생님도 곧 오실 거야."

창식이 자세한 이야기를 하기도 전에 왕규가 급하게 입을 열었다.

"신간회는 뭐라디?"

"물꾼들이 모이는 날을 알려주면 사람들을 보내서 응원을 하겠대. 전국에 있는 지부로 우리가 싸우는 이야기도 다 알려주고."

"잘됐네. 그렇게 도와주겠다는데 돈을 내야하는 거 아냐?"

"돈은 필요없고. 꼭 이기라는 거야. 이겨야 힘이 나고 다른 곳에 또 힘을 줄 수 있다는 거지."

"맞네. 나도 열꽃만 없어지면 가 볼 거야."

개똥이 왕규의 얼굴에 손을 대 보고는 '아서라.' 눈을 흘겼다.

"그동안 있었던 일을 적어 보내라는데 할 수 있겠어?"

"물론이지. 내가 수첩에 적어 두었거든."

"근데 사람들이 지금 다 나갈 궁리를 하고 있는데 모이라고 하면 제대로 모이겠냐? 서 총무는 찾을 수도 없고……."

왕규가 풀이 죽은 목소리로 말했다.

"그저께 배달 가다가 깍정이들을 만났거든. 근데 이상한 소릴 하는 거야."

창식은 잠시 주위를 둘러보고는 목소리를 낮추어 말했다.

"뭐라고?"

"백날 찾아 봐야 못 찾을 거라고."

"그래서 내가 누굴 찾는 줄 알고 그러느냐, 뭐 아는 게 있냐 캐물었지. 그랬더니 이미 관에 누웠다고 하면서 킬킬대더라고. 무슨 헛소리인가 싶어서 침을 뱉고 돌아섰는데, 아무래도 깍정이들이 뭘 알고 있는 거 같아."

창식이 말을 마치가 왕규가 허겁지겁 물었다.

"서 총무가 깍정이들이랑 있는 거 전에 봤다며? 걔들이 해코지라도 한 게 아닐까?"

개똥이 말을 받았다.

"관에 누었다니, 일이라도 당했다는 거야? 갑자기 웬 관이야?"

창식이 개똥과 왕규를 진정시키고 말을 이었다.

"야학 근처 굿당들 뒤에 상여집 있잖아?"

"어디?"

개똥이 갸웃하며 물었다.

"야학 위로 올라가다 보면 산 속에 굿당 세 집이 나란히 있고 거기서 더 들어가면 상여랑 관들 보관해 놓는 조그만 상여집 있거든."

왕규는 담요를 어깨에 둘렀다. 왕규는 큰 덩치와 장정 한 사람쯤 늘씬하게 패 줄 수 있는 힘을 가지고 있었지만 귀신을 무서워했다. 굿당과 상여집 이야기가 나오자 눈동자가 흔들리기 시작했다.

"듣기만 해도 으스스하다."

"관 이야기에 거기가 갑자기 생각이 나더라고. 거기는 눈에 잘 안 띄는 곳이잖아."

"일단 칠성이 그 자식 목을 졸라서라도 알아내야겠어. 돈만 준다면 무슨 짓이든 하는 놈들이라고. 그때 우리가 물지게 맡겼던 집 꼬맹이 생각 나? 그 맹랑한 녀석. 걔 이름이 동휘인데, 나한테 일자리 부탁할 때만 해도 착실한 녀석인가 싶었는데 요새 깍정이들이랑 어울리는 것 같더라고. 동휘한테 먼저 물어봐야겠어."

개똥이 이를 꽉 깨물며 말했다.

그때, 김강숙 선생님이 하얀 약을 털면서 들어왔다. 검정 치마에도 가루약이 뒤범벅되어 눈을 맞고 돌아온 것 같았다. 강숙 선생님은 오자마자 왕규의 이마를 짚으며 어떤가 물었다. 왕규가 괜찮아졌다고 답했다. 선생님은 가만히 창식을 바라보다가 입을 열었다.

"창식아, 병원 게시판에 안내문 보았니? 의학전문학교 학생을 모집한다누나. 의료 기간 종사자로 일한 것도 응시

할 때 도움이 된다더라. 약방도 관련 업계 아니냐? 나는 그걸 보고 딱 우리 창식이가 떠올랐어. 공부 더 하고 싶다고, 아버지 기침병 고치고 호열자도 고치는 서양 의술을 배우고 싶다고 했었잖아. 창식이도 의전을 목표로 공부하는 게 어때?"

강숙 선생님은 기도라도 하듯 두 손을 모으고 눈을 빛내며 말했다.

"의전은 학비가 만만치 않을 텐데요……."

말을 이렇게 하면서도 창식은 얼굴이 붉어질 정도로 두근거렸다. 포기했던 꿈이 가슴속에서 꿈틀거렸다. 하지만 지금은 일하고서 월급도 못 받는 처지가 아닌가. 아버지는 병석에 누웠고, 치료비를 해결할 방도도 없었다. 창식은 속이 답답해졌다.

개똥이 안쓰러운 눈빛으로 창식을 보았다. 창식이 얼마나 공부를 하고 싶어했는지 개똥은 누구보다 잘 알고 있었기 때문이다.

"그러니까 이번엔 월급 꼭 받아야 한다. 여기 친구들이랑 힘을 합쳐서 싸우는 거야."

강숙 선생님이 창식의 어깨를 두드려 주었다.

"나도 얼른 나아서 싸우러 갈 거야!"

울긋불긋 열꽃이 피어있던 왕규가 눈을 빛내며 말했다.

창식은 병원 앞에서 강숙 선생님, 개똥과 헤어졌다. 강숙 선생님은 야학으로, 개똥이는 일을 하러 갔다.

창식은 아버지 병실에 들렀다. 점순 누나는 까페도 나가질 않고 아버지 옆을 지켰다. 이러다 까페에서 쫓겨나는 것이 아닐까 걱정도 되었다. 아버지에게 이토록 극진한 사람이 어디 있는가 싶었다.

병원에서 병원비 이야기는 하지 않는가 물었더니 아직 그런 재촉을 하지 않았다고 누나가 대답해 주었다. 창식은 고개를 갸웃하고 병실을 나왔다. 아버지 옆에 여전히 원고 뭉치가 놓여 있었다. 창식은 보기가 싫어 고개를 돌려 버렸다.

"동휘야, 동휘야."

다음 날, 창식과 개똥은 아침 일찍 몇 집에 물을 부어 준 다음 동휘를 찾아 나섰다. 개똥이 사립문도 없는 방문 앞에서 동휘를 계속 부르자 문이 벌컥 열렸다. 할아버지였다. 그새 주름이 더 깊어진 노인은 쏟아지는 햇빛 속에 서 있는 어린 물꾼들을 잔뜩 찌푸린 채 노려보았다.

"할아버지, 저희 아시죠? 동휘한테 물어볼 게 있어서 왔어요."

"그놈이 집에 붙어 있나? 요즘 어딜 싸돌아다니는지 코빼기도 볼 수가 없는디."

"멀리 가진 않았겠죠? 여기서 좀 기다릴게요."

"멀리야 안 가지. 이 근방에서 요즘 이상한 놈들이랑 어울려서 내가 못 살겄어."

"깍정이 떼 말씀하시는 거예요?"

"그짝도 아는가 보네. 줘방울 만한 것이 돈 버는 일이라면서 그렇게 쫓아다니는데 그놈들 하는 짓이 다 몹쓸 짓들이라 내 속이 터지지."

"물 한 통 넣어드릴까요? 방금 떠온 물이에요."

호열자가 주춤해지긴 했으나 아직 마음 놓을 형편은 아니어서 다들 물장수의 물을 반겼다.

"아고, 힘들게 떠온 걸 어디다 팔아야지, 날 주면 어떡햐. 아니 이눔 새끼가 왜 이렇게 안 오는고?"

노인은 잔뜩 미안해하며 주위를 둘러보았다.

"할아버지, 저 빨래하고 오는 길이에요."

빨래 함지를 든 동휘가 집으로 걸어 들어왔다.

오랜만에 본 동휘는 한 뼘은 훌쩍 자라 있었다.

"형, 얼굴이 달라졌네요. 감쪽같아요."

동휘는 신기하다는 표정으로 개똥의 입을 살펴보았다. 개똥은 저도 모르게 입술을 만지작거렸다. 상처 부위가 알알한지 눈을 찡그리고 있었다.

"나 좀 봐."

"왜요?"

"너 요즘 칠성이 패 따라다닌다던데, 맞아?"

"누가 그래요?"

"칠성이가 그러더라."

"어? 정말이에요?"

"너 나랑 약속했던 거 기억나지? 형이 네 자릴 알아보고 있는 중이거든."

"에이, 거짓말 마세요. 고바우물상회는 망했다던데요. 이미 소문이 파다해요"

"누가 그래? 칠성이가 그래? 고바우 망했으니까 깍정이 짓이나 하자고?"

창식은 동휘의 말을 듣고 생각했다.

'칠성이 짓이 분명해! 제가 한 짓이 있으니까 고바우가 망했다고 확신하겠지.'

개똥이가 했던 말이 떠올랐다. 칠성이 패거리는 평소 돈만 주면 무슨 짓이든 하는 애들이라고 했다.

"동휘 너, 그런 짓을 저지른 게 누구인지 알잖아?"

개똥이 앞질러 묻자 동휘의 눈동자가 흔들렸다.

"내가 그걸 어떻게 알아요? 난 몰라요. 누가 그랬는지 내가 알 게 뭐예요?"

동휘는 펄쩍 뛰며 손사래를 쳤다.

"그런 짓이 뭔지 말도 안 했는데, 넌 대뜸 누가 그랬는지 모른다는 말부터 하네? 너 이상한데? 내가 청계천 깍정이 출신인 거 몰랐냐? 걔네들 다 내 친구들이야."

개똥이 동휘의 실수를 낚아챘다.

"그럼 그 형들한테 물어보세요. 전 몰라요."

동휘는 당황하면서 모른다고만 했다.

"칠성이 패들은 입만 열었다하면 거짓말이지. 딴 사람 등치는 걸 당연하게 여기니까 말야. 내가 너 취직시켜 주려고 미스 김 누나를 꼬시고 있는데, 동휘 너 안 되겠네."

취직 이야기가 나오자 동휘는 안절부절못했다.

"아무한테도 말하지 말라고 그랬단 말예요."

"누가? 뭘?"

창식과 개똥은 동시에 눈이 커다래졌다. 동휘는 아차 싶었는지 얼굴을 찡그렸다.

13

들통난 거짓말

칠성이네 깍정이 패거리의 자백을 받아내는 건 쉬웠다. 개똥이 돈을 쥐어 주며 이미 알고 있다는 걸 몇 번 강조하자 돈을 받고는 술술 불었다. 칠성이 패가 조합장한테 돈을 받고 새로 총무로 온 바가지 머리 사내한테 지시를 받아 서 총무를 두들겨 패고 상여집에 가두어 놓은 것이었다. 서 총무는 시월 안으로 일본으로 팔려갈 예정이라는 말까지 덧붙여 주었다. 자기들은 가두어 놓는 일까지만 했고, 뒷일은 모른다고 했다.

서 총무가 갇혀 있다는 상여집은 야학을 지나 한참 더 들어가서 무당집 뒤쪽 계곡 안에 있었다. 창식과 개똥은 동휘를 따라 산길을 올랐다. 요란하게 굿을 해 대던 굿당에서도 오늘은 징 소리가 들리지 않았다. 산 전체가 고요한 묘지 같았다.

"나랑 동휘만 가도 돼. 굳이 같이 안 가도 상관없어. 너 물 행상도 해야 하잖아."

"내가 없으면 너 외롭잖니."

"오늘따라 왜 이렇게 다정하게 구는 거야. 돈을 버는 일도 아닌데 이렇게 나서서 같이 가자고 하고."

"그러게. 나도 내가 이해 안 된다, 동무야."

산길은 호젓했다. 새 소리와 물 흐르는 소리만 온 산을 가득 채우고 있었다. 동휘는 앞서 걸어가면서 창식과 개똥을 돌아보았다.

"형님들, 나 버리면 안 돼요. 내가 불었다는 거 알면 칠성이 형이 날 잡아먹으려고 할 거예요."

"알았어, 임마. 근데 조합장이 왜 이런 잔인한 짓을 한 걸까? 서 총무는 그동안 일을 잘해 왔잖아."

창식은 아무리 생각해도 서 총무와 조합장의 관계를 이해하기 힘들었다.

"그러니까 말예요. 칠성이 형 말로는 총무를 제 편으로 만들려고 구슬리다가 안 되니까 죄를 뒤집어씌우고 쫓아 내려고 한 거래요."

"참나, 인간이 싫다, 왜 그렇게 사는 거래니?"

상여집 근처에서 쑥국새 한 마리가 구슬프게 울고 있었다. 죽음을 맞이한 사람들을 무덤까지 배웅하던 상여는 호열자 때문에 제 역할을 다하지 못했다. 평균 열 명 이상의 장정이 필요한 화려한 죽음의 예식은 한 집 건너 한 집씩 죽어 나가는 호열자 환자들의 죽음을 감당할 수 없었던 것이다. 상여와 제구, 관 등을 넣어 두는 상여집은 조그만 창고로 사람이 얼씬거리지 않는 마을에서 멀리 떨어진 외딴 곳에 두었다.

황금광 열풍이 불어 굴을 팠던 산자락을 지나쳤다. 을씨년스러운 풍경을 뒤로 하고 산속으로 더 깊이 들어갔다. 가끔 청년들이 술 내기로 담력 시합을 한다며 상여집 옆에 말뚝을 박고 내려가곤 했다. 술꾼들이 술김에 나섰다가 벌벌 떨며 올라와서는 행여 귀신이라도 붙을까 허둥지둥 도망치기 일쑤였다.

창고는 큰 자물쇠통으로 잠겨 있었다. 창식은 자물쇠를 흔들어보고 문틈을 들여다보았다. 단단히 잠긴 것 같았다.

"총무님! 총무님!"

개똥과 창식이 흙벽에 귀를 갖다 댔다. 멀리서 쑥국새 소리만 들릴 뿐 창고 안에서는 아무 소리도 들리지 않았다. 서 총무를 다른 곳으로 옮긴 건가 싶어 포기하려는데, 무너진 벽 틈을 들여다보던 동휘가 소리를 질렀다.

"안에 뭐가 있어요. 문을 부숴요. 빨리요."

창식은 무너지는 흙벽을 지탱하던 지지대를 빼내 자물통을 내리치기 시작했다. 개똥은 나무문을 발로 찼다. 빈 산에 쿵쿵 소리가 메아리쳤다.

문을 열고 상여집 안으로 들어서자 손발을 묶인 채 입에 재갈을 문 서 총무가 눈을 뜬 건지 감은 건지 모르게 풀린 눈으로 세 사람을 바라보았다. 상투는 다 풀려 있었고 오랫동안 씻지 못한 채 배설을 해서인지 온몸에서 똥 냄새며 지린내가 진동했다. 천으로 묶여 있던 총무의 입은 침과 오물로 벌겋게 헐어 있었고 몸을 제대로 가누지도 못하는 상태였다. 창식은 울먹이면서 총무의 야윈 얼굴을 만져보았다. 얼굴 곳곳이 멍과 피딱지로 성한 데가 없었다.

당장 총무를 치료해야 했다. 다부진 창식이 총무를 업

고, 개똥과 동휘는 끈을 풀고 달아난 것처럼 상여집을 꾸몄다. 일단 조합장과 만날 때까지 서 총무를 감춰 둘 곳이 필요했다.

창식은 비어 있는 아버지의 방으로 총무를 업고 뛰기 시작했다. 총무의 몸에서 나는 온갖 악취들은 아무렇지도 않았다. 며칠 동안 먹은 게 없어서인지 서 총무의 몸은 가벼웠다. 창식은 땀인지 눈물인지 알 수 없는 것을 흘리며 서 총무가 살아나기만을 빌었다.

낙엽이 지고 스산한 바람이 부는 시월은 물꾼들이 물갈이가 되는 때이다. 물상회가 어수선한 터라 물꾼들 일부는 물지게와 물통을 챙겨 짊어지고 떠났다. 물행상이 되거나 다른 물상회로 옮기는 것이었다. 또는 지게꾼이 되거나 새 일자리를 찾아볼 것이다. 수금액이 모자라는 사람은 물지게와 물통을 고스란히 두고 가야하기 때문에 뜨내기들이 떠난다고 해도 조합으로선 손해 볼 것이 없었다. 물상회가 하향세라고는 하지만 물꾼이 돈을 제법 번다는 소문이 경성에 자자한 상태이므로 들어와 일할 사람은 널렸다. 남아 있는 사람들도 조합장에 맞서 월급을 받아 내려는 사람은 거의 없었다. 서 총무가 사라진 뒤 서너 마디 툴툴거리다 시들해졌다. 당장 갈 곳이 없었기 때문이었다. 세상 물정 모르는 애송이 셋만 밀린 월급을 받아 내고 일자리를 지키겠다고 이리 뛰고 저리 뛰고 할 뿐이었다.

"몇 명이나 모였냐?"

개똥이가 다리를 떨면서 물었다.

"한 오십 명쯤 되나 봐. 오늘 총무가 온다는 말을 퍼뜨려서 그래도 이만큼 모인 거야."

왕규가 대답했다.

"미스 김이랑 바가지 머리도 와 있는 거지? 그 사람들은 모르지?"

"응."

"서 총무가 정말 올 수 있어?"

며칠간의 감금 때문에 탈수가 심했던 터라 서 총무의 회복이 더뎠다고 창식이 말해 주었다. 오늘 모임에 함께 들어가자는 창식의 말에 서 총무는 미리 가서 숨어서 기다렸다가 조합장이 도착하고 나면 그 다음에 나타나는 게 좋겠다고 대답하더라고 했다. 서 총무가 와 있는 걸 알면 조합장이 오다가도 돌아갈 거라는 거였다. 맞는 말이었다.

개똥과 왕규가 물지게 창고에서 마당을 내다보며 초초해했다. 옆 사무실에는 바가지 머리와 미스 김이 조합장을 기다리고 있었다.

마당에 모인 고바우물상회 물꾼은 오십 여 명이었으나 구경 온 다른 조합 물꾼들과 신간회 노동위원회에서 지원 나온 사람들까지 거의 두 배가 되는 사람들이 울타리 쪽에 둘러서서 자리를 잡았다. 어느덧 마당 안과 밖은 사람들로 가득 찼다.

"근데 오늘 서 총무가 오는 건 맞아?"

"쉿, 그건 비밀이라고 창식이가 그랬잖아. 그리고 총무가 돈을 갖고 튄 게 아니라고……."

곰방대를 물고 있던 물꾼이 묻자 땅딸한 물꾼이 대꾸했다.

"그 애꾸놈이 진짜 돈을 홀라당 갖고 튄 거라면 우리가 사람을 잘못 봐도 된통 잘못 본 거지."

"원래 열길 물속은 알아도 한 길 사람 속은 모른다고 했잖아."

"미스 김이 서정욱이 하는 일을 조합장에게 늘 일러바치곤 했다던데?"

“고것이 조합장이 작은 아빠라고 그렇게 까불거렸어. 물꾼들 편은 서 총무밖에 없었지.”

물꾼들은 평상에 둘러앉아 오늘 무슨 일이 일어날지, 창식과 개똥, 정연이 말한 대로 될 수 있는 것인지 궁금해 하며 이야기를 나누었다.

창식은 신간회를 만나고 와서 월급 문제를 해결해 주기로 한 날짜를 사무실 앞에 대문짝만하게 써 놓았었다.

‘시월 마지막 날에 모입시다. 밀린 월급을 받을 길이 생깁니다. 조합장님이 약속했습니다.’

그러고 만나는 물꾼들마다 붙들고 설득했다.

“한 사람이라도 더 나오셔야 우리가 일한 대가를 받을 수 있어요. 안 그러면 우리가 공들여 쌓은 탑을 다 빼앗겨 버리는 겁니다.”

“창식이가 애쓴다. 너 한 몸 챙기기도 힘들 텐데…….”

물꾼들은 반신반의했다. 소년들의 입에서 그날 서정욱 총무가 오기로 했다는 말을 듣고도 물꾼들은 그게 다 사람들을 모으기 위해 하는 빈말이라고 여겼다. 그런데 오늘 당일까지도 확언을 하니, 정말인가 싶기도 했다.

“확실히 서 총무가 온다는 게냐?”

"예. 정말 올 거예요. 와서 조합장과 있었던 일을 다 말할 거라고요. 사실이 뭔지 밝힐 거예요."

서정욱 총무는 고바우물상회를 대표하는, 아니 물상회보다도 더 믿을 수 있는 사람이었다.

"신간회가 우리 일을 돕는다고 하니까 서 총무가 그간 있었던 일을 다 증언할 수 있다고 했어요. 다 얘기할 거래요."

"그간 있었던 일이 뭐길래?"

물꾼들이 이야기를 나누는 동안 창식은 생각했다.

'조합장이 우리 월급을 빼돌리고 있는 걸 알아야 이 아저씨들이 정신을 차릴 거야. 문화 주택 지어서 호의호식하고 물상회 팔아 치우려고, 온몸을 바쳐 일한 서정욱을 죽이려고 했다고.'

창식은 코를 큼큼대며 모인 사람들의 냄새를 맡아보았다. 느낌이 좋다. 월급을 받으려고 악착을 떨다 보니 조합장만이 아니라 일꾼들도 일터의 주인이라는 걸 알게 되었다. 우리가 벌어온 돈이 어떻게 쓰이고 나뉘는지 알아야 했다. 그래야 일터의 주인으로 살 수가 있다.

"조금만 기다리세요. 총무님 입으로 직접 들으셔야죠."

넓은 마당이 그렇게 좁아 보인 건 처음이었다. 조합장

은 올백으로 빗어 넘긴 머리에 광택이 나는 양복을 빼입고 물상회 마당으로 들어왔다. 물꾼 무리 속에서 '월급 내놔라.' 하는 고함이 들렸다.

"거, 시끄러워요."

조합장은 평상으로 올라가면서 신경질적으로 말했다. 그는 물꾼들의 야유에도 끄떡 않고 뻔뻔하게 여유를 부렸다. 자신이 이 물상회를 일구기 위해 얼마나 고생을 했는지, 부엉바위 물을 맡기 위해 얼마나 치열한 경쟁을 벌였는지 구구절절 늘어놓았다. 그 중간중간에 오갈 데 없는 뜨내기 물꾼을 먹여 살리는 자신에게 고마움 마음을 가져야 한다고 계속 강조했다.

"조합장님, 수금해서 바친 돈 다 어디 있단 말요? 밀린 월급은 언제 주는 겁니까?"

누군가 소리를 지르는 바람에 조합장의 말이 끊겼다.

"오늘 월급을 해결해 주겠다고 한 날입니다. 그래서 우리가 이렇게 나와 있는 거라고요."

"그래서 내가 이렇게 부탁하는 거요. 월급도 그렇고, 집 대출금도 해결을 해야 하는데 이걸 나 혼자 해결하려니 너무 아득해서……."

조합장은 울컥한 표정을 지었다.

"또 똑같은 말을 반복하는 겁니까? 그래서 기한도 없이 기다리라는 겁니까?"

신간회 간사가 팔짱을 낀 채 소릴 질렀다.

"그게 아니라 이건 내 잘못이 아닌데 왜 나 혼자 감당해야 하는 건가 이런 생각이 든다, 이 말입니다. 도망간 총무놈이 벌여 놓은 일을 왜 이 김만복이가 혼자 책임져야 하냐, 이 말입니다."

조합장은 오히려 소리를 높였다. 제법 진지한 표정을 짓고 물꾼들을 내려다보는 그의 얼굴에 먼지를 머금은 찬바람이 달려들었다.

"거짓말!"

마당을 울리는 고함에 조합장이 놀라 고개를 들었다.

"거짓말!"

공기를 가르듯 날카롭고 높은 소리가 연이어 들렸다.

"누구야?"

"김만복 당신! 거짓말 말라고요!"

바람 소리 끝에 창고문이 탕 소리를 내며 열렸다. 몇몇 물꾼들이 창고를 돌아보다가 아악 소리를 질렀다. 서정욱이었다. 올까 안 올까 의심했는데 허연 옷을 입고 머리에 두건을 쓴 서정욱이 조합장을 향해 성큼성큼 걸어나왔다. 저게 웬 일이야. 죽어야 입는 수의잖아. 서 총무가 귀신으로 나타난 거야 뭐야?

물꾼들이 서로 묻고 답하느라 난리가 났다.

상여집에서 가져온 수의를 입은 서정욱은 무덤에서 걸어 나온 사람처럼 보였다. 벌겋게 상기되어 허둥대는 조합장과는 달리 죽을 뻔했다가 살아 돌아온 서정욱은 무서운 게 없어 보였다.

'총무님 다 까발려 버리세요! 저 더러운 인간이 어떤 짓을 했는지를요.'

창식은 마음속으로 빌었다. 눈 하나 깜짝하지 않고 물꾼들을 속이고 나쁜 짓을 저지른 조합장의 만행을 만천하에 알려서 세상 무서운 줄 알게 해 주고 싶었다. 이 순간을 위해 서 총무를 치료하고, 같이 작전을 짜서 움직였다.

서정욱 총무는 주위를 훑어보았다. 젊음을 다 바친 고바우물상회로부터 버림을 받았기 때문인지 거무튀튀한 얼굴빛이 더 어두워 보였다.

"내가 돈을 가지고 튀었다고? 당신이 깍정이 시켜서 납

치해 가두어 놓고, 누명을 씌워 일본으로 팔아먹으려 한, 내가 말이오?"

조합장이 사무실 앞을 지키고 있는 바가지 머리를 노려보자 바가지 머리는 불에 데인 것처럼 놀라 밖으로 튀어나갔다.

평상 뒤쪽으로 신간회 사람들 십여 명이 깜짝 놀란 표정으로 서 있었다. 그리고 다른 물상회에서 구경 온 사람들이 분노에 찬 표정으로 조합장을 바라보았다.

서 총무는 사람들을 보며 자신에게 무슨 일이 있었는지 설명했다. 지난 3년 동안 물꾼의 월급을 챙겨서 받게 하는 일이 무척 힘들었다고 했다.

물꾼들이 수금한 돈은 미스 김을 통해 조합장에게 먼저 들어간다. 원래는 일정한 비율만 조합장이 가져가는 건데 조합장이 약속했던 것보다 훨씬 많이 가져가고 있었다. 조합장이 수시로 가져가고 남은 돈으로 조합을 운영하기 때문에 수금액이 늘어났는데도, 물상회 살림이 쪼들렸던 것이었다. 자신이 고바우물상회의 돈을 가져갔다는 그의 말은 거짓이며 자신은 오히려 물꾼들 월급을 챙겨 주려고 따지다가 납치당하고 감금되었던 거라고 폭로했다. 그래 놓고 조합장은 없어진 자신에게 죄를 뒤집어씌우고 그간의 비리를 감추려 했다는 것이었다. 월급을 떼먹는 것도 물꾼들이 지쳐서 나가떨어지게 만들려는 속셈이었다. 그렇게 해서 물꾼들 몰래 물상회를 팔아 큰돈을 챙기려고 했다는 것도 밝혀졌다.

조합장은 서정욱이 하는 말을 듣고 하얗게 질려 있었다. 조합장의 말은 물꾼들을 협박하고 다스리기 위해 하는 거짓말이었지만 서 총무의 말은 목숨을 건 진솔한 말이었다. 서정욱 총무는 자신의 눈을 가리지 않는 유일한 애꾸. 성실하기로 이름난 물꾼이었다. 사람들은 무엇이 진실인지 단박에 알아챘다. 서 총무의 이야기가 계속될수록 분위기가 달아올랐다.

조합장이 슬그머니 뒤편으로 도망가려 하자 왕규가 소릴 질렀다.

"어딜 갑니까? 누가 돈을 가져갔다고요? 다시 말해보십쇼!"

물꾼들 몇 명이 물통을 뒤집어 북처럼 두드렸다. 굿당의 징 소리처럼 요란해 정신이 아득해질 정도였다.

"도둑놈이 주인 행세를 한 거였어. 저놈의 문화 주택을 깨부숴야겠구먼!"

북소리에 맞춰 성난 목소리가 여기저기서 툭툭 튀어나왔다.

"양복부터 벗기고 기름 번지르르한 저 머리털부터 뽑아 버리세!"

누군가의 터질 듯한 목소리에 맞춰 우우우 야유가 쏟아졌다.

이 넓은 마당에 조합장 편이라고는 조카 미스 김과 바가지 머리 새 총무뿐이었다. 그러나 그들조차도 울타리 뒤로 숨어 물꾼들과 구경꾼들 눈치를 보고 있었다. 청계물상회가 유야무야 사라진 것처럼 고바우물상회도 그렇게 슬쩍 문을 닫아버리려고 했던 조합장은 전국 지부를 가진 신간회가 이 문제를 해결하겠다고 뛰어들자 눈치를 보는 것 같았다. 그런데 서 총무가 직접 나타나 조합장의 비리를 폭로하자 사태는 걷잡을 수 없게 되었다. 조합장은 눈앞에 일시에 작은 새떼들이 한꺼번에 날아오르는 것 같은 공포감을 느꼈다.

조합장은 미스 김의 장부를 받고 곧바로 밀린 월급을

정리하겠다는 다짐을 했다. 깐깐하게 질러 대던 목소리는 어디 갔는지 잦아드는 목소리로 더듬거리며 떨기까지 했다. 신간회 간부의 주도로 조합장은 그 자리에서 각서를 써야 했다.

물꾼 아재들과 창식, 왕규, 개똥 삼총사는 기쁨에 넘쳐 고함을 지르며 박수를 쳤다. 정말 원하는 일이긴 했으나 자신하지는 못했던 결과였다. 구경을 왔던 동휘가 신기하다는 듯 물꾼들을 바라보며 함께 박수를 쳐 주었다.

조합장에게서 제대로 월급을 받고 남기로 한 사람은 스무 명. 나머지는 물지게, 물통을 챙긴 다음 단골을 물려받고 고바우물상회를 떠나기로 했다.

조합장과 바가지 머리와 미스 김은 서둘러 자리를 떠났고, 자리를 메운 물꾼들과 신간회 노동위원회 사람들, 다른 물상회 사람들, 구경꾼들은 모두 흥이 나서 만세를 불렀다.

승리의 기쁨을 만끽하는 사람들 사이에서 함께 웃고 떠들던 창식이 개똥을 툭 치며 말을 했다.

"참, 개똥아! 점순 누나가 그러던데 우리 아버지 병원비를 누가 냈대. 너 뭐 아는 거 있어?"

"뭐라고? 그게 정말이야?"

창식의 말에 왕규가 펄쩍 뛰며 놀랐다.

"그거 참 잘됐네. 고마운 사람인 줄 알고 형님으로 모셔라. 월급 받으면 꼭 갚고."

개똥이 능청스럽게 답했다.

"알아야 갚지. 누가 이렇게 고마운 일을 해 준 걸까?"

개똥이 씨익 웃으면서 창식의 어깨에 팔을 올렸다.

"우리 창식일 알고 있는 사람이겠지, 아주 잘."

창식도 개똥의 어깨에 팔을 올렸다. 왕규도 창식이 어깨에 팔을 올렸다. 셋은 어깨동무를 하고 물꾼들과 함께 오래오래 만세를 불렀다.

개똥이 보아라.

칼날 같은 추위를 뚫고 숙소에 돌아오니 네 편지가 와 있더라. 이곳 만주도 호열자가 막바지로 기승을 부리고 있어. 경성은 진정이 되었다니 반가운 소식이다.

숙소에 오면 피곤해서 쓰러져 자기 바빴는데 네 편지를 받아서 펼쳐 보고는 반가워서 정신이 번쩍 났어. 네 편지를 들고 숙소 안을 껑충껑충 뛰었어. 야학에서 네가 김강숙 선생님께 기역 니은 한글을 배우던 때가 엊그제 같은데, 네 글씨가 얼마나 달필인지 정말 볼 때마다 새롭고 놀랍다.

김만복 조합장이 결국 대출금을 갚지 못해 일본 집장수들에게 문화 주택을 넘기고 금광을 찾아 충청도 청양으로 갔다는 소식에 통쾌하기도 하고 씁쓸하기도 하더라. 서정욱 총무와 우리들은 바로 북청물상회에 깡꾼으로 자리를 옮겨서 그 사람을 다시 볼 일은 없었지만 그 사람이 꽤 오래 우리한테 복수하겠다고 이를 갈았다지?

북창물상회에서 신나게 물을 길어 날랐던 것이 옛 일처럼 벌써 아련하다. 내가 세브란스 의전에 입학하고, 왕규가 북쪽으로 엄마를 찾아 떠나면서 우리가 헤어지지 않았더라면 아마 더 오래 깡꾼으로 지냈겠지. 하지만 수도와 펌프 때문에 물장수 일도 오래 하지는 못했을 거야. 그리고 무엇보다 개똥이 네가 잡화상을 내는 것도 늦어졌겠지. 개똥이 네가 점포의 주인 나리가 되다니. 너랑 참말로 딱 맞는 사업이다. 네 또래 깍정이들이 물건 훔치고 못된 심부름을 하면서 가막소를 드나드는 동안 너는 깍정이들과 손을 끊고 착실하게 살아서 네 사업을 하게 되었으니 얼마나 장하냐.

의전 학생들과 의료 봉사를 하러 만주에 와 있지만, 우리가 크게 도움이 되는지는 잘 모르겠다. 그래도 고국 학생들의 무료 진료를 받는다고 동포들을 놀라고 고마워한다. 만주에 호열자가 창궐하지만 마땅히 치료를 받을 곳이 없었거든. 이곳은 경성보다 훨씬 추워. 마시다 내려놓은 물이 금세 얼 정도야. 날씨가 추워 가뜩이나 살기 힘든데 조선 사람들은 이민족이라고 갖은 모욕과 행패를 당하곤 해서 더 살기가 팍팍하다고 해. 난 일제와 가난에 쫓겨 만주에 와 있는 동포가 이렇게 많다는 걸 처음 알았어.

얼마 전에 놀라운 소문을 들었어. 만주에서 활동하는 독립운동가 가운데 아주 유명한 저격수가 있는데 그 사람이 여성이라는 거야. 더 놀라운 건 친일파 윤치관한테 이혼을 당한 사람이라는 말이 있어. 그렇다면 왕규의 엄마이자 우리 당고모잖아. 소문이 사실일까? 고모가 홀로 고국을 떠난 지 거의 10년이 되었나……. 그 사이에 참 많은 일이 있었구나 싶어. 왕규가 엄마 곁으로 갔다면 둘은 정말 환상의 짝꿍이 되었을 거야. 왕규가 아버지 집을 나설 때, 나는 그 애가 결국은 부유한 아버지한테 돌아갈 거라고 생각했지. 하지만 왕규는 가지 않았어. 난 사실 왕규를 잘 몰랐었나 봐.

그리고 개똥아, 난 얼마 전 우리 아버지가 병상에서 썼던 소설을 다시 읽었어. 아버지의 원고가 완성된 것은 너의 덕이다. 너의 귀한 돈을 헐어 우리 아버지의 병원비를 내 준 것은 내가 평생을 두고 갚아야 할 은혜야. 너를 돈만 아는 구두쇠라고 놀렸던 것도 미안해. 네가 칠성이 패한테 괴롭힘을 당하면서도 내놓지 않았던 돈, 너의 수술을 위해서도 쓰지 못하고 모았던 돈을 나를 위해 쓰다니. 네가 병원비를 내 준 덕에 아버지 치료를 마칠 수 있었어. 짧은 기간이었지만 점순 누나와 아버지가 함께 사는 동안 아버지는 끼고 있던 원고를 완성했어. 그러고는 다시 쓰러지셨지. 아버지는 마지막을 예감하시고 병원에 안 가시겠다고 했어. 아버지가 쓰러지신 뒤부터 돌아가실 때까지…… 얼마 안 되는 그 기간이 아버지랑 살았던 전부야.

지금 생각해도 참 이상해. 아버지 신춘문예 당선 소식. 돌아가시던 날 신춘문예 당선 소식을 들은 사람은 아버지 말고 없을 거야. 아버지 돌아가시고 나서야 신문에 실린 아버지의 소설을 보았어. 나를 힘들게 하는 아버지라고만 여겼지, 한 인간으로서의 아버지는 어떤 사람이었는지 삶이 어땠는지 생각해 본 적이 없었던 것 같아. 아버지의 글은 기운차고 따뜻했어. 원래는 그런 사람이었겠구나 싶었어.

너와 왕규가 아니었다면 아버지의 장례를 치를 수 없었을 거야. 고마워.

개똥아!

내 헌털뱅이 자전거는 잘 달리고 있어? 네가 엄복동 선수처럼 엉덩이를 씰룩이며 자전거를 타고 돌아다니는 모습을 떠올려 보았어. 잡화점에서 함께 일하는 일꾼이 둘이나 된다고 하니 옛날 생각이 난다. 우리가 사업을 한다면 일꾼들 월급 밀리지 말고 제대로 주자고 말하곤 했었지.

새벽이 깊었는지 사방이 적막하다. 오전 진료 가기 전 잠을 좀 자 둬야겠다.

지금도 잊을 수 없는, 절박하고 애타던 시절.

그래도 우린 튼튼하고 거칠 것이 없었다.

다음 학기에 경성으로 돌아가면 먼저 너에게로 달려갈게.

1940년 2월 만주에서 창식

작가의 말

우리 동네 배달 알바를 하는 친구들과 만난 일이 있었다. 어린 나이인데도 생각이 깊고 성실해 배울 것이 많았다. 나는 그들과 이야기를 나누면서 오래전부터 마음에 담고 있던 〈북청 물장수〉라는 시를 떠올렸다. 이 책의 이야기는 여기에서 시작되었다. 김동환 시인이 1924년에 발표한 이 시에 등장하는 물장수는 경성에 아직 수도가 다 놓이지 않았던 시절, 물을 길어다 집집마다 찾아가 물동이에 부어 주는 배달을 하는 고생스런 일을 하는 사람이었다.

일제 강점기, 나라 잃은 그 시절에 한 북청 물장수가 억척스럽게 일을 해서 돈을 모아 자식을 가르쳐 경성대학을 보냈다는 신문 기사가 났었다. 물장수 가운데도 북청 출신 물장수들이 특히 유명했다. 북쪽 추운 지방의 이름이 주는 강인한 느낌과 물장수들의 성실한 노동이 사람들의 뇌리에 깊게 박혔을 것이다. 이 일로 경성뿐 아니라 전국이 들썩들썩했다는 당시 글들을 보게 되었는데, 이것으로 두 번째 이야기가 보태졌다.

평소에 소설가 박태원과 채만식의 세태 소설을 끼고 살았던 덕에 나는 1930년대를 친숙하게 고향처럼 느낀다. 이 자양분이 바탕이 되어 《달려라, 소년 물장수》를 시작할 수 있었다. 그런데도 막상 시작을 해 보니 어디서 물을 조달했는지, 물장수들이 어떤 방식으로 물을 팔고 영업을 했는지 조사하고 이야기의 밑그림을 그리는 데만 3년이 걸렸다. 그 기간을 함께 공부하는 글벗들 덕에 치열하고 행복하게 보낼 수 있었다. 함께 읽고 공부하면서 1930년대를 누볐다. 삼 년에 한 번씩 유행했다는 전염병, 비오는 날이면 진흙 천지였다는 진고개, 새 문물에 홍성이는 종로통을 보았다. 문화 주택을 지으려고 초가집 판자촌 사람들을 내쫓고 지은 문화 주택, 한 집 건너 하나씩 생겨나던 까페와 끽다점, 그 사이를 누비는 모던 보이와 모던 걸이 있었다. 경성 길바닥을 달리며 소년들이 힘겹게 배달 일을 하다가 월급을 떼였다는 이야기를 만났다.

공부할수록 그때와 지금이 많이 다르지 않은 것 같았다. 그래서인지 나는 그곳으로 훌쩍 뛰어들어 주인공 창식과 개똥, 왕규에게 쉽게 갈 수 있었다.

창식은 일본 유학까지 마치고 돌아왔으나 생활력이 없고 우유부단한 아버지 대신 물지게를 져야 했다, 왕규는 친일파에 부도덕한 아버지가 싫어 가출했다. 왕규의 여정은 아버지를 떠나 어머니에게로 가는 길이었다. 세 번째 주인공 개똥은 부모마저도 없는 고아 출신으로 깍정이 무리에서 구걸을 하며 성장했으나 그들에게서 벗어나 자립하기 위해 악착 같이 돈을 모았다. 세 명의 주인공이 꿈을 찾아 모인 곳이 고바우물상회였다.

소설을 마치고 창식과 왕규, 개똥이 물지게를 지고 다녔을 동네 골목골목을 떠올려 본다. 하루하루 고달프고 막막했을 것 같다. 그럼에도 삶을 포기하지 않고 나아갈 수 있었던 것은 낙천성과 성실함 때문이었다. 이들에게 밥 한 끼를 대접하고 인사를 건네 준 분들에게 감사를 드린다.

이제 꿋꿋하게 자신의 꿈을 일궈간 창식과 왕규, 개똥

에게도 이제 인사를 해야겠다.

"애들아, 너희를 만나 나도 잘 버티며 걸어갈 수 있었어. 가끔 소식이라도 전해 주렴. 안녕."

박윤우

달려라, 소년 물장수

초판 발행 2023년 6월 28일

지은이 박윤우

책임편집 심상진
디자인 이정화
마케팅 강백산, 강지연

펴낸이 이재일
펴낸곳 토토북
주소 04034 서울시 마포구 양화로11길 18, 3층 (서교동, 원오빌딩)
전화 02-332-6255
팩스 02-6919-2854
홈페이지 www.totobook.com
전자우편 totobooks@hanmail.net
출판등록 2002년 5월 30일 제10-2394호
ISBN 978-89-6496-504-7 43810

· 잘못된 책은 구입하신 곳에서 바꾸어 드립니다.
· '탐'은 토토북의 청소년 출판 전문 브랜드입니다.

이 도서는 2020년 한국문화예술위원회
아르코문학창작기금지원사업에 선정되어 발간되었습니다.